文芸社セレクション

生き抜く力

兵法者武蔵外伝

中井 勉

NAKAI Tsutomu

文芸社

目次

生きる　兵法者武蔵異聞

其の一　ある上意討ち

新免宮本武蔵は孤高の剣豪であり、その生涯を抜きん出た兵法者として生き抜いた。

生まれは美作国《みまさかのくに》吉野郡讃甘《さぬも》庄《しょう》宮本村である。

この寒村は、新免伊賀守宗貫《しんめんいがのかみむねつら》を城主とする竹山城の下にあった。

宮本武蔵（幼名、弁之助《べんのすけ》）が幼少の頃、宮本村で父の平田無二斎《むにさい》（無二）が係わったある上意《じょうい》事件が起こった。

当時、見過ごされるほどの上意討ち（主君の命で輩下の者を討ち取る）ではあったが、幼少期に体験した武士の厳しい掟と不条理は武蔵にとって実に衝撃的なものであった。成長期に肉親の父が係わったこの事件は、彼が人間不信となり、また勝負に懸ける孤高の兵法者として歩むきっかけともなったのである。

武蔵の生母、つまり平田無二斎の妻は、主君である新免伊賀守宗貫の女《むすめ》で名を於政《おまさ》といったが、武蔵が生まれて二ヵ月もしないうちに産褥熱《さんじょくねつ》により命を落とした。間もなく無二斎は人の勧めもあり、遠縁のよし子を後妻にもらう。武蔵はこのよし子に育てられたのである。よし子は近所からもらい乳をしながら武蔵を実の子のように育てた。武蔵は生まれつき体も大きく、癇が人一倍強い子で、よし子以外には懐かなかった。

ところが、武蔵が四歳になった頃、父が突然よし子を離縁してしまうという不幸が襲った。

原因は父無二斎の性格にあった。また教育において武蔵を厳しく育てるつもりが、よし子の優しさが災いして、父無二斎に決して懐こうとしなかったせいもあったろう。

よし子は武蔵を不憫に思ったが、実家に帰り、暫くして田住政久に再嫁する事になった。義母であるとの認識のない武蔵は母恋しさに、三里ほどの道を歩き母のいる播州平福村に会いに行く事があった。田住家の方では、当然のことではあるが武蔵に冷たくしたのでよし子は涙を流す事があった。

無二斎に武蔵への愛情がなかった訳ではないが、殊の外、気位が高く竹山城の家老職にもあった為、無二斎は武蔵を厳しく育てた。だが、子供ながら武蔵も父に似て我執が強く父に反抗的であった。武蔵に母から引き離されたという思いがあった事は隠しようもなかった。

無二斎はかつて将軍足利義昭に乞われ、京で先代吉岡憲法と試合をし、三回勝負のうち、二回勝ちを収めた際、将軍より「天下無双兵術者」の称号を賜った人物であった。

奇縁と言おうか、二十年近く後、成人した武蔵が同じ吉岡一門と果たし合いを行う事になり、当主吉岡清十郎に勝ちを収め、更に弟達とも剣を交え、一門を悉《ことごと》く打ち破る事になる。

無二斎は祖父から引き継いだ十手術の名人と言われ、刀術においても当理流の皆伝の腕前であった。従って、自宅に隣接して五十畳ほどの剣道場を持ち、二十数名の弟子を抱えていた。

その弟子の中に、その人物、腕前において抜きん出た者がいた。名は本位田《ほんいでん》外記之助《げきのすけ》、城主新免伊賀守の家老の一人である。外記之助は無二斎の高弟として腕を磨き、長身を活かした、激しい打ち込みは無二斎ですらたじたじとなるほどのものであった。

本位田家は播州佐用郡を領した事のある本位田駿河守の子孫で、その子の正重の時、竹山城に入り新免家に仕え家老職となった。

外記之助は見識が高く、剛直の人物で、主君に対して諫言《かんげん》することも厭わなかった為、伊賀守は快く思っていなかった。

この本位田外記之助が後に悲劇に見舞われる。

二十七歳であった。

ある時、武蔵が庭で木刀を振っていると、外記之助が道場にやって来た。

「弁之助、なかなか良いぞ、もっと、上段に構えてはどうだ」

武蔵の木刀は外記之助が作ったもので、長さが二尺五寸ほどあった。七歳の子供にとっては重く長かったが、武蔵は背丈があり、腕力も強かった為難なく素振りを繰り返していた。

外記之助は端正な顔立ちで、切れ長の目はさすがに鋭かったが、笑顔がよく晴れやかであった。子供好きで、師匠の息子である弁之助には取り分け目を掛けていた。

その日、修練が終わると、弁之助は外記之助に連れられ河原を散策した。草《くさ》叢《むら》の中を歩いていくと、外記之助が足を止めた。唇に指を当て、静かにと合図をし、一点を指差した。見ると、蟷螂《かまきり》が二匹、一匹の雌を巡って争いつつあった。

一方の雄が一瞬の合間に他方に飛び掛かり、相手の首筋に噛みつき、地面に振り落とした。勝者は悠然と雌と交尾を始めた。

「弁之助、見たか、これが自然の摂理というものぞ、人間とても同じじゃ、強くなければ生きてゆけんのだ、この雄は勝者になったが、交尾を終えると雌に食われる運命にある。雌はそれによって強い子を産み、子孫が生き存《ながら》えるのじゃ」

遊び友達の少ない武蔵にとって外記之助は、年の離れた兄のような存在だったのである。

「よいか弁之助、この世の中、智恵を身につけ鍛錬を続けないと生きてゆけんぞ」

「兄者、智恵とは何ぞや」

「弁之助、よくぞ聞いた、智恵とは、単に物を知るだけでのうて、その知った事を自分で工夫し、いざという時それを活用する事なのじゃ、分かるか」

武蔵は外記之助を頼りになる男だと思った。

ある朝、武蔵は梟《ふくろう》の声を聞いた。雨戸の節穴から庭を見た。庭には小さな池がある。

——やっぱり、あいつが来ている——

この梟は嘴《くちばし》が鋭く、背は灰白色で褐色の斑模様がある。だが、片目が塞がっている。実は一ヵ月ほど前の事、巣立ちをする前に、巣から落ちてもがいているところを武蔵が拾い助けたのである。一旦巣から落ちた雛鳥を親鳥は助けたりしないし、出来ないのだ。大抵は外敵にやられるか、餓死するしかないのだ、それが自然の掟というものである。

武蔵は梟に蛹《みみず》や小魚を与え育てた。数日後、甲斐あって片眼の梟は飛び立っていった。片目になったのは多分、巣の中で親鳥のいない間に他の野鳥に襲われたからに違いない。

自然界ではこのような片目の猛禽類は生きていけないのが常である。何故なら片眼では生きている小魚や小動物を襲う際、距離感が摑めない。その為捕食出来ない場合が多いのである。

その梟が帰ってきたのだ。

武蔵は子供ながらに考えた。近くの川に行き小鮒《こぶな》を捕まえ、動きを鈍くする為に尾びれを少し切って庭の池に放してやろう。
二、三日すると、二羽の梟がやって来た。
月夜の晩である。武蔵がじっと観察すると、一羽は確かにあの片眼の梟である。

もう一羽は少し大きいので親鳥かもしれない。やがて親鳥がさっと池に舞い下りると片足に鯉を掴んで飛び去った。続いて例の片目がさっと急降下したが、空ぶりである。ついに三度目、鮒らしき小魚を片足に掴み飛び去っていった。武蔵はほっと安堵していた。武蔵はその時、外記之助が教えてくれた、智恵と鍛錬の意味を朧気ながら知ったのである。

ある日の事、新免伊賀守宗貫が近くの松茸山で家臣達を集め、松茸狩りを行った。

武蔵の父無二斎は所用の為参加しなかったが、本位田外記之助が家臣数名と共に参加した。

伊賀守はこの時、愛妾のお捨《すて》を伴い上々の気分であった。

お捨の方は、本妻の奥方が病で臥せる事が多かった為、側室として京の都から連れてこられた人であった。出自は定かではないが、遊里上がりの芸妓のようで、その容姿は目につく美しさであった。

家臣達の多くは、城主の伊賀守がお捨の方にうつつを抜かしている事を快く思っていなかった。だが、お捨の方は、それ相応の都の教養を備え、話しぶりから取次がうまかった為家臣達も無視出来ない存在となっていた。

無二斎とて同様で、自宅に剣道場を作るに際して、このお捨の方の口添えにより主君伊賀守から何分の援助を承ける事が出来たのである。

事件はこの松茸狩りで起こった。

お捨はかねてから家老の本位田外記之助に特別な好意を寄せていた。外記之助は未だ一人身で、しかも好男子であったからお捨が思いを寄せたとしても不思議ではなかった。一方、外記之助も伊賀守が自分の厳しい諫言を快く思っていない事を承知していた為、これを機にお捨の方によく取りなしてもらいたいとの思いがあった事は確かであった。

家臣達はそれぞれ思い思いの場所を目指し松茸山に分け入った。伊賀守は麓に天幕を張り、そこで寛《くつろ》いで待つ事にした。

お捨は伊賀守の許しを得て松茸狩りに加わり、外記之助を呼び案内してくれるよう頼んだ。外記之助は昨年の経験から松茸の出るところを知っていたので、心得ましたとお捨を案内して山の奥深く分け入ったのであった。

外記之助が案内したところは下草も適度に整えられ、木洩れ日が心地よい赤松林の斜面であった。見事な松茸が松葉の下に目についた。

「あら、見事な松茸やのお、さすが本位田様だけの事はあるのお」

「御方様、松茸は松の木を中心に丸い円を描いて発生いたします故、周りの松葉を取り除いて戴きとうございます」

外記之助を見るお捨の目は潤んでいるように見えた。仕草とても都の芸妓の艶かしさを発散している。

「本位田殿、ここではよく見えぬ、さあ、もっと下の方へ案内して下され」と言ってお捨は外記之助の手を引き斜面を下り始めた。

「御方様、危のうございます」

次の瞬間二人は凹みに足を取られ、あっという間に重なるように滑り落ちていった。外記之助はとっさにお捨の下になりしっかりと抱き止めた。

その時、お捨が思わぬ行動に出た。やにわに外記之助の唇を強く吸ったのである。外記之助はお捨を離そうとしたが、下にいる為ままならず、彼女は一層強く口吸いを続けようとした。

外記之助はお捨を思い切り突き放し「なりませぬ」と叫んでいた。お捨はもんどりうって下に滑り落ちていった。

「助けて下され」

お捨が泣きそうな声を上げげた、その時だった。たまたま斜面を登ってきた喜田矢五郎が出くわし、受け止めたので事なきを得た。

「御方様、危のうございます、如何なされました」喜田が大声で叫んでいた。

そこへ外記之助が滑り下りてきて言った。

「御方様、大丈夫でございますか」

「危ないところじゃ、其方が妾《わらわ》の手を離したからじゃ」と言いつつお捨は顔を赤く染めていた。

喜田は不審顔で言った。

「本位田殿、いくら何でもこのように急な斜面に御方様を案内するのは如何なものか、殿に知られたらお怒りなさるぞ」

喜田矢五郎は城中において、剣術では本位田に次ぐ腕前と言われていた。無二斎の門下ではなく、常に外記之助に対抗心を燃やしていた。

「御方様に喜んで戴こうと、つい奥深くご案内仕った。拙者の思慮が足らなんだ」

「いいのじゃ、妾が本位田殿に無理を言ったせいじゃ」お捨は神妙な顔になった。

「ところで本位田殿、松茸はどれほど採れたのかの、殿は皆を競争させておられる訳じゃからのう」喜田は意地悪く言った。

外記之助は焦りを隠すようにひょいと喜田の籠《かご》を覗いた。籠の中に二十本ほどの松茸が見えた。

「不覚にも採った松茸を落としてしもうた。じゃがこの上にまだ採れる場所があるから心配ない」と外記之助は強がりを言った。

「本位田殿、拙者お先に失礼する」と言いざま喜田は斜面を登っていった。

外記之助はお捨を伴い必死に松茸を探し始めたが、昨年のようには生えていない、やっと五本ほど手に入れたのみであった。

二人は些か遅れて伊賀守の待つ天幕に現れた。周囲に多くを採った者達の笑い声がしている。

伊賀守は不審顔で二人を迎えた。

「お捨、どうじゃ、本位田が案内したからには相当収穫があったであろう」

外記之助は恐縮して答えていた。

「殿、折角ですが、ご期待に添えませなんだ。それより拙者の不手際により御方様が足を少々痛められました。何卒お許しを」

「何じゃと、お捨、本当か、早く薬師《くすし》を呼んで手当をするのじゃ。本位田、其《そ》方《ち》が一緒におりながら何たる始末じゃ」

伊賀守はこう言いながら二人を交互に見、最後にお捨の顔を凝視した。お捨の顔にいつもの華やかさがなく、些か青ざめて見えたからであった。

新免伊賀守は武術好きで一見剛胆に見えるが、内実は神経質なところがあり、疑わしきは徹底的に追及する人物であった。つまり独占欲と猜疑心が強かったのである。

その夜、酒の入った伊賀守は閨房にお捨を引き入れ、いつもより激しく責め立てた。そして一時《いっとき》が過ぎた頃、お捨を引き寄せ問うた。

「お捨、何故に本位田と二人だけでおったのか、答えてみよ」

その顔は赤らみ目も据わっている。

お捨は伊賀守の鋭く光る眼差しに本当の事を悟られるのではないかとの恐怖から、思わず心にもない事を口走っていた。

「本位田殿が何を思われたか、人気のない場所に妾を導かれ、些か無礼を働こうとなされたので逃げようとして足を痛めたのです」

「して、誰ぞ其《そ》れを見ていた者はおらなんだか」

伊賀守の目は更に鋭さを増しお捨の目に突き刺さっている。

「はい、喜田矢五郎様が」

「うむ、分かった、もうよい」


それから二日後であった。

「お捨、やはり其方の言う通りじゃ、喜田が認めよった」

お捨はその時、思わず伊賀守を見つめ驚愕した。何故なら彼がこのように呟《つぶや》いたからである。

――本位田討つべし――

お捨は事の重大さに恐れ戦き眠れぬ夜を過ごす事となった。

翌日お捨は伊賀守に本位田外記之助の助命を訴えていた。

「殿、本位田殿は阿《おもね》る事なく殿に進言なさる、主君思いの重臣、松茸山の一件は興に乗じての戯れ言でございましょう。いやいや、妾の思い違いかもしれませぬ」

しかしお捨のこの言葉が逆に火に油を注いだ。

「お捨、今更何を申すのじゃ、其方《そなた》、よもや本位田に」

伊賀守の目は怒りで滾《たぎ》っていた。

「殿、滅相もございませせぬ、妾は殿にこの身もこの心も捧げておりまする」

伊賀守はお捨の目を見透かすように言った。

「もうよい、決めたのだ。上意討ちである」


それから三日後、弁之助が庭の池で鮒に餌をやっていた時であった。伊賀守から無二斎に火急の報せ《しら》が入る。

「直ちに登城せよ」

無二斎は直ぐさま馬を飛ばし城へ向かった。

登城すると直ぐに小姓によって別室へ案内された。香を焚いたその部屋で、伊賀守が一点を凝視して座していた。

「殿、ただ今参上仕りました」

「うむ、早速だが無二斎、其方に頼みたい事がある」

「何なりと」

「うむ、ある者を討ってほしいのじゃ」

無二斎の顔色が変わった。

「して、ある者とは」

伊賀守は冷静さを装いつつ言った。

「家老の本位田外記之助である」

無二斎は一瞬言葉を失ったが、気を取り直して言った。

「殿、お言葉ではございますが、本位田は我が高弟、しかも重責にある者なれば、滅多な事で討ち取るなどと、何故そのような事を」

「許せぬ事に本位田は松茸狩りの折、お捨に無礼を働いたのじゃ、事もあろうに家老職にある者がだ」

無二斎は身を乗り出し更に問うた。

「殿、無礼とは如何なる事でございましょう。本位田自身も認めておりまするのでしょうか」

「よいか無二斎、これは上意である。本位田は詐術を用いてお捨に言い寄りしかも足を痛めさせたのじゃ、お捨も処罰を望んでおる。喜田矢五郎も一部始終を見たと言っておる。本位田は優秀な奴だけに惜しい事だが、止むを得ぬ。綱紀粛正はこの新免の伝統じゃ、其方とて新免の縁続きではないか」

無二斎は体を震わしながら言った。

「殿、本位田はまれに見る剛直の士、新免家にとって今後も必要な重責の者。何卒御再考をお願い申し上げまする。せめて両者を呼んで本位田に釈明の機会を」

「ならぬ、もう決めた事だ」

伊賀守は頑としてはねつけたのであった。

伊賀守の心を闇が支配していた。京の都で家臣共々遊んだ際、美しいお捨を見初め、側室にすると言って楼主に金を積みこの作州に連れ帰った。だが現実は拉致同然、田舎に閉じ込め、宴席で芸事をさせ、愛妾としていたのである。

一方お捨にしても、城主とはいえ、田舎侍である伊賀守に本心から心を寄せている訳ではなかった。茶を嗜《たしな》み、武芸に秀で、都の男に負けぬほどの容姿を持つ本位田外記之助に当初より心を奪われていたのであった。

無二斎にもまた心に闇があった。

新免伊賀守宗貫の女《むすめ》於政を産後の病で亡くし、後妻によし子を娶ったが、後ろ盾としてはあまりに脆弱すぎた。そして、よし子を離縁した今、無二斎は孤独であった。

無二斎は覚悟を決めた。

「殿、そこまで決意なされたのであれば止むを得ませぬ。ですが外記之助は我が道場の一番手の腕前、十手術においても皆伝を授けてもよいほどでございます。拙者は既に老齢の身、立ち合えば外記之助が有利でありましょう」

これは無二斎の本心であった。

「何を弱気な事を申しておる。無二斎、其方、かつて足利将軍の御前試合で京流の名人吉岡憲法に勝ちを収めたではないか、智恵を絞って討ち果たすのじゃ。余の命令は絶対じゃ。上意討ちを命ずる」

「ははあ」

無二斎は深刻な表情で城を辞していた。

武蔵は縁側で竹とんぼを作っていた。茫然と馬を引きながら帰参した無二斎の表情はかつて見せた事のないものであった。武蔵の遊ぶのを無視し、草履も脱がず縁側に座り虚空を見つめていた。

武蔵は直観的に尋常ならざるものを感じ取っていた。

——父に何があったのか——

その時から武蔵は無二斎の行動を注視するようになった。幼少なれど、武蔵には天性の直感力があったのである。

やがて、無二斎は家来の者で昵懇《じっこん》にしている中務坊《なかつかさぼう》を呼びに行かせた。彼は僧とはいえ、腕力が強く槍術の心得があった。

中務坊がやって来ると、二人は道場の奥の間に籠もりひそひそと打ち合わせを始めた。

武蔵は隣の部屋に忍び込み聞き耳を立てていた。とぎれとぎれではあるが、二人の会話が聞き取れた。そして武蔵ははっきりと聞いた。外記之助の名と槍という言葉が、二人の口から語られるのを。

——これはどういう事だ、何の相談なのか——

兄のように慕っている外記之助に何をしようというのか、武蔵の胸に暗く言いようのない不安が持ち上がってきた。

彼は表へ出ると、あの片目の梟がいる裏山の林の中を走っていた。

翌日、気をつけていると、午後一時頃中務坊が袋に入れた八尺ほどの槍を携え再びやって来て、そのまま別室に消えた。中務坊はやがて仏壇の前に座り、香を焚き経を唱え始めた。

暫く後、外記之助が玄関を入っていくのを武蔵は見た。無二斎と挨拶を交わし、座敷で茶菓子と茶を前に二人が話している。

「外記之助殿、本日其方をお呼び致したのには訳がござる。実は拙者も年がいき申した。そこで、先代から伝来の十手術の極意を伝授しようと思うてな。其方には教えられる限りの事を教えて参った。じゃがまだ十手術の極意を伝授していなかった事を思い出しての」

「無二斎先生、まことに恐れ入った次第にございます、拙者をそこまでお取り立て戴けるとは光栄に存じまする」

外記之助は爽やかな顔で一礼した。

「では、奥の間で授けよう、帯刀は無用故、この場に置いておくとよい」

無二斎はすたすたと歩き出していた。

外記之助は大刀と小刀をその場に置き、後に従った。だが、一時外記之助の顔に曇りが生じた。刀はいらぬと言いながら無二斎が一尺六寸の脇差を帯刀したまま奥の間に向かっていたからである。

奥の間に入ると、無二斎は外記之助を座らせ、床の間の三方に置いた巻物を外記之助の前に置き、目を通すように言った。

外記之助が畏って、両手を伸ばした瞬間である。背後から無二斎が十手術の一つ羽交い締めをし、襟首を恐ろしい力で締め上げた。

「無二斎殿、暫し待たれよ、苦しゅうござる」外記之助は声を上げていた。

「外記之助、汝《なんじ》を討ち取る、上意討ちであるぞ！」

その声と同時に、襖が開き中務坊が槍で外記之助の胸を抉《えぐ》った。

中務坊が再度、突こうと槍を抜いた瞬間、外記之助は籠抜けの技で、無二斎の腕から逃れ、脱兎の如く、中務坊の懐に飛び込むや腰の脇差を奪い股間に蹴りを入れた。中務坊は絶叫して倒れたが、その時、背後から無二斎の脇差が外記之助の背中を裂いていた。鮮血が噴き上がった。外記之助が振り向きざま数合交えた。無二斎はたじたじとなった。

「理由を申されよ！」

外記之助は無二斎を床の間に追いつめながら絶叫していた。その時、中務坊が背後から槍を突き通した。外記之助は胸と背中から血を噴きながら泳ぐように倒れ込んだ。

「討ち止めたようだ」

荒い息で無二斎が声を掛けていた。中務坊は放心したように槍を持ったまま座り込んでしまった。

その時である。

外記之助がゆっくりと起き上がり手をつき座り込んだ。槍を構える中務坊を無二斎が静止した。

「拙者は潔白なり！」

中務坊から奪った脇差を両手でしっかと持ち外記之助は割腹した。

師として最期の温情であった。上意討ちにおいて切腹を認めるという事は通常あり得ない事なのだ。

この恐ろしい一部始終を襖の隙間からじっと目を凝らし見つめていた者がいた。

武蔵である。

彼は息を殺しこの不条理な事件を凝視していた。

父無二斎と中務坊が外記之助を騙し討ちする瞬間を、武蔵は目の奥深く焼きつけたのである。

武蔵は顔面を引き攣らせ目の焦点が合わぬまま表に飛び出し、裏の林の中に走り込むと地面を転がり回り、頭を地面に激しく打ちつけ号泣していた。

無二斎が本位田外記之助を上意討ちしたとの報せは、直ぐに城下と近隣の村々を駆け巡った。人々は大きな衝撃を受け、外記之助を惜しんだ。そして同時に無二斎に対する憎悪が渦巻いた。

無論これは信望厚い外記之助の人柄と無関係ではなかった。

新免伊賀守宗貫は無二斎の労を労《ねぎら》い報賞を与えたが無二斎は蟄居《ちっきょ》した。

その後、朝靄《もや》の中を編み笠を被り旅姿のお捨の方が街道を行く姿が家臣の一人の目についたが、以後の消息は誰も知らない。

あの日以来武蔵は父に無言の反抗をしていた。

ある時、無二斎が楊枝を削っている様子を見て、武蔵が冷笑した為、やにわにその小刀を投げつけられたが一瞬の差で難を逃れ、家を飛び出し父に別れを告げた。

彼は播州平福村へと向かった。義母よし子は涙ながらに彼を迎え、この村の庵《いおり》というところにある正蓮庵の住職道林坊に武蔵を預けた。道林坊は人徳があり、人々の信頼の厚い僧であった。武蔵はここで初めて寺子屋式の教育を受け、自立への道を開いていったのである。

無二斎は懺悔の日々を送り、本位田外記之助の弔いを行った上で、竹山城の家老職を辞し、宮本村を去り、諸国廻遊の旅に出た。

其の二　闇討ち

小倉は関門海峡に臨む為、激しい潮風が吹く。其れ故桜の散り際が早い。

時は寛永十一年（一六三四）、豊前《ぶぜん》小倉の藩主は徳川家康の外孫の小笠原忠《ただ》真《ざね》となっていた。

早春の小倉城下に一人の異様に目立つ武士が若侍を供に入った。総髪で背が高く、六尺はあろうか、肩が張り、眼光鋭く鷲を思わせる風貌。

新免宮本武蔵である。

彼はかつてこの地の舟島（巌流島）において、城主細川忠興の許しを受け、無敵の剣豪と言われた小倉藩剣術指南、岩流佐々木小次郎と闘い、これを討ち果たしたが、不思議な事に小次郎に代わって指南役に就く事もなく、何処《いずこ》ともなく姿を隠してしまった（一説には佐々木小次郎の門下生達に追われたのだという巷の話が残っている）。

あれから既に二十余年の歳月が経ち、武蔵は五十一歳となっていた。二十九歳であった青年剣士も、総髪に白いものが目立っている。だが引き締まった体躯と目の鋭さは未だ衰えを見せず、風雪に耐え厳しい修行を行った者の崇高さを湛えていた。

供をする若侍は武蔵の養子宮本伊織である。伊織は二十歳を出たばかりで無類の美剣士であった。その為、町行く人々が武蔵の風貌と比較して奇異な感じを抱いたのも無理はなかった。

小倉藩士上畑卓蔵もたまたま町に出ていてこの二人を目撃した。

上畑卓蔵は豊前《ぶぜん》小倉藩の料理番を預っている。卓蔵の亡き父清蔵は小太刀の腕前が良く、前藩主細川忠興公の憶えも良かった。卓蔵は幼少よりその父の教えを受けめきめきと腕を上げ、藩の剣術試合では注目される存在だった。

だが、彼は料理人の道を選んだ。

上畑卓蔵の父清蔵は越前福井の生まれで、宇坂の庄において富田《とだ》景政より富田流の小太刀を習っていた。景政の兄富田勢源《せいげん》は富田流の名人で元祖巌流佐々木小次郎の師であった。小次郎の並々ならぬ才を見抜いた勢源は小太刀の修行の為、小次郎に三尺余の大太刀を持たせたが、やがて小次郎は天才的な力量を発揮して師を凌ぐまでになった。そこで富田勢源は小次郎に巌流という別派を作る事を認めた。そして勢源は既に目を病んでいた為弟景政に家督を継がせ、自らは退いたのであった。

清蔵は、遠く小倉に剣豪として人格識見共に優れた元祖巌流の弟子岩流佐々木小次郎がいると聞き、景政の紹介状を持参して門下生となったのであった。しかし、不運にして小次郎は武蔵の前に倒れ、清蔵の剣士として一流になる道は断たれた。

卓蔵は父の語る話を鮮明に覚えていた。

巌流島の決闘において武蔵と小次郎は相打ちであった。当時の試合の勝負定書では両者一太刀で勝負を決する事となっていた。さすれば、どちらが先を取ったかで勝負を決めるべきであった。にもかかわらず武蔵は二太刀目で小次郎を討ったのである。

父清蔵は師小次郎が先を取り、武蔵の前頭部に刀傷を負わせたはずだと主張し、小次郎の死はまことに無念と言っていた。

あれから二十年、人々は現実の生活に追われ、歴史的な事実は風化した。

上畑卓蔵は十五歳で父の元を離れ、京都へと旅立った。

彼は剣において非凡な才があるとされたが、「もはや戦国時代ではない。安定した徳川の治世になる」との父の言葉を信じ、料理人としての生き方を選んだのであった。

京都では禅寺に住み込み、厨房での仕事をしながら、茶道を学んだ。

当時の日本料理を大略すると、儀式料理、精進料理、茶懐石料理、本膳料理、婚礼料理、会席料理、即席料理、鮎料理と分けられ、この内江戸時代以前からあったのは、儀式料理、精進料理、茶懐石料理であった。

日本料理が完成されたのは、江戸時代の中期以降である。町方料理が出現し、会席料理が発達していったのである。会席料理とは武家社会に生まれた本膳料理を簡略化したものである。本膳料理は日本料理の膳立てで、本膳（一の膳）、二の膳、三の膳、四の膳は「死」を連想させることから「し」の膳と言わずに「よ」の膳と言った。

本膳は、膾《なます》、平、香の物、汁、飯がついた一汁三菜である。他に一汁五菜、二汁五菜、二汁七菜、三汁五菜、三汁七菜、三汁十一菜などの種類があった。

会席料理に対抗するかのように即席料理、鮨《すし》、天ぷら等が現れた。こうして日本料理が発展すると、より多くの料理人が必要となり、同時に料理人の伎《ぎ》倆《りょう》が注目されるようになっていった。

卓蔵が修業を終えて小倉に帰ってきた時、彼は既に二十七歳となり、京都で所帯を持った彩《あや》を伴っていた。既に父はなく、老母が一人で迎えてくれた。卓蔵が帰ってきたとの報せを受け、藩主細川忠興は藩の料理人として彼を召し抱えた。彼の優れた腕前は藩主を大いに満足させたのであった。

やがて細川忠興は隠居し、その息子忠利は熊本藩へ国替となった。卓蔵はお抱え料理人として熊本への移住を求められたが、老母がいるとの事で暇をもらった。忠利は卓蔵の腕を惜しみ、新たに小倉藩主となった小笠原忠真に頼み、忠真の料理番として新たに召し抱えられたのであった。

武蔵が小倉に帰ってきたとの報せを聞いて、藩主小笠原忠真は手を打って喜び、武蔵が宿泊する船宿に使いの者を遣わし、是非とも話を聞きたいと城に召したのであった。

小笠原忠真は十八歳の時、父について大坂の陣に参戦した折、裸馬に跨り先導し、激戦の末堀に落ちたが、幸いにも崖にあった朽木に引っ掛かり助かったという剛勇の士であった。その為剣豪宮本武蔵と膳を共にし、その話を聞くのを楽しみにしていたのである。

武蔵は快諾し数日後登城した。

忠真は出来れば武蔵を指南役にと考えていた為、家老を呼び、二汁七菜の馳走をするように上畑卓蔵に申しつけさせた。ところが出てきたのは一汁三菜の茶懐席であった。向付に鯉、汁には実に美味な鯛の切り身が入っていた。武蔵は満足気に食を進めたが、忠真は内心不快に思った。忠真は家老を呼び、料理人に注意するように申しつけた。

しかし武蔵は忠真を押し止めて、やんわりと言った。

「殿、まことに僭越ながら申し上げます。もし料理の事で殿が御注意なさるという事でありますれば、些か誤解があるように思います」

「武蔵殿に充分な持て成しをせよと申しつけておったが、何を勘違いしたか料理人めがこのような質素な料理を」

「殿、この料理は充分に心の籠もった料理でございます。かの利休殿が申しておられます。心の籠もった一汁三菜が持て成しの基本であると。拙者はこの十年余、旅に明け暮れ修行して参りました故、急に本膳料理を出されましても体が受けつけませぬ。この料理人は武蔵が客人と知って、わざわざこのような料理を作ってくれたのでございましょう。一見質素に見えまするが、鯉は生命力が強く、滋養に優れ、魚の中では一番上とされております。決して質素なものとは思いませぬ。この料理人は小倉藩の誇り。味といい、感性といい見事としか言い様がございませぬ」

忠真は武蔵の素直な感想を聞き我に返り笑い出した。

「さすが武蔵殿は剣術のみならず料理にまで皆伝の腕前を持っておられるようじゃ。ところで武蔵殿、当藩の指南役をして下さらぬか」

武蔵の目から笑いが消えていた。

「殿、お言葉ながら拙者既に五十の歳になりました。余生を仏像を彫り、書画を描いて静かに過ごしたく思っております。代わりに養子の伊織を召し抱えて下されば嬉しゅうございます」

忠真は伊織を召し抱える条件として、仕官せずともよいが当藩に留まって自分や藩士に兵法指南をしてくれるように頼み、武蔵はそれを了承したのであった。

武蔵は客人扱いされる事を嫌い、忠真の用意した部屋に寝起きする事なく、台所の近くの納戸に寝ていた。

ある日、上畑卓蔵が納戸を覗いてみると、三畳ほどの板の間で武蔵が戸口に背を向け一心に水墨画を描いていた。

近くに木刀も剣もない。これだといつでも打ち込める。

数日後の事、卓蔵が数人の手下達と料理の準備をしていると、ぬうっと武蔵が音もなく調理場に入ってきた。

一言「御免」とだけ言うと後は無言で食材となる野菜、野鳥、桶に入った魚を鋭い目で見ている。暫くして傍らの料理人に聞いた。

「料理では何が一番大切か」

「勿論鮮度の良い素材でござるよ」と料理人は笑いながら答えた。

すると武蔵はつかつかと、卓蔵の近くに寄り、彼の包丁をじっと見つめてから問うた。

「貴殿も同じじか」

卓蔵は手を止めて答えた。

「料理で大切なのは見立てと作為、そして最も大切な事は心でござる」

武蔵は鷲のように鋭い目で卓蔵を見て頷きながら、次に包丁についての考えを聞かせてほしいと言った。

「料理の本筋の考え方には、まず陰と陽という面がござる。料理の命である包丁は日本刀と異なり片刃でござる。ほれこの通り真上から見ると、右側は鋭く削ぎが入り、左側は平らでござる。右が表、つまり陽、平らな左は裏、つまり陰という事になり申す」

「なるほど」武蔵は頷いた。

卓蔵は更に続けた。

「料理の盛りつけにも陰と陽がござる。一切れなら陽、二切れなら陰と陽を組み合わせる。一つは表、もう一つは裏という事でござる。器も、丸いものは陽、角型は陰と考えまする。丸い茶碗に飯を盛る時は器が陽なので、飯は尖らせた陰の形に盛りつけまする。それに料理の基本は、五味、五色、五行、五感、五法に尽きまする」

　武蔵は頷きながら、

「五味とは甘、酸、苦、塩鹹、辛でござるな。五色は白、黄、赤、青、黒でござろう。五行とは木、火、土、金、水。五感とは見る、聞く、匂う、触る、味わうでござろう。さて、五法とは何でござるか」

「五法とは料理法でござる。切る、煮る、焼く、蒸す、揚げるでござる」

「そうでしたな、上畑殿の料理の道、よく分かり申した」

　漸く武蔵の顔が柔和になった。

「ところで、新免殿、兵法において何が一番大切でござるか」

　卓蔵は武蔵の考えが聞きたかった。

「見切りという事でござろう」

「見切りを教えて下され」

「三寸の幅の長板を地面に置いてその上を歩くのは容易でござろう。ではその板を二間上に上げたら如何か」

「それは少し怖うございますな」

「では十間も上に上げたらどうじゃ」

卓蔵は唸った。

「そんなに高くなれば怖うて渡れません」

「上畑殿、では下げて一間ではどうかな」

「それは渡れまする」

「それを見切ると申すのでござる。これならば自分の手に合うという判断の範囲が見切りでござる、もともと三寸幅の木の板である。その位置が一間の高さだろうと百丈の高さであろうと同じでござる。ところが人間は弱いものでござるから、高くなれば落ちれば死ぬという不安が湧いてくる。兵法とは不安を殺す事でござる。よく見切って不安を殺せば強い相手にでも勝てるのでござる」

卓蔵は武蔵の話を聞きながら、亡き父が語った巌流島の決闘の事を思い浮かべていた。

「武蔵殿、では剣術では何が大切でござるか」

「それは勝つ事でござる」

卓蔵は追い打ちを掛けるように質していた。

「では勝負に勝つ為には手段を選ばずという事でござるか」

上畑卓蔵の目が光った。

「上畑殿、勝つという事は己にという事でござる」

武蔵はそう言うとくるりと背を向けて立ち去った。


それから更に数日が経ったある日、料理人達は仕事を終えて酒を呑んでいた。

ある料理人が毒づいた。

「この間、わしらの仕事場に来て武蔵は何と言った。我々の仕事にけちをつける気か」

「奴は本当に強いのか、誰も試した者はいないではないか。小次郎殿の一戦にしても策を弄して勝ったにすぎんよ」

「そうだそうだ」

「ところでどうじゃ、物は試しに誰か闇に紛れて騙し討ちをしてみては」

年輩の料理人がこう提案した。

「打ち込めれば武蔵に恥をかかせる事が出来る。もし万一打ち込みに失敗してもこちらは痛くも痒くもない」

上畑は黙って酒を口にしていた。姑息な手段で武蔵に向かう事自体恥ではないかと思ったのだ。

「上畑殿、其方は剣術の腕もかなりのものとの事じゃが、引き受けてみてはどうじゃ」

「拙者は反対でござるよ」

「では籤《くじ》で決めようではないか」

誰かが提案し、自然と決まってしまった。ところが籤に当たったのは一番若年の男であった。まだ十八歳である。男は急に顔が青くなって泣き声になった。

「勘弁して下され、私ではとても無理です」

「心配するでない。武蔵殿が真の剣豪ならば、打ち掛かっても木刀を叩き落とされるだけの事。笑い話ですむ」男達が離し立てたが、若年の男はいよいよ泣き声となった。

その時である。上畑卓蔵が立ち上がりざま強い言葉を吐いていた。

「拙者が代わって引き受けよう」

日頃考えていたもやもやを吹っ切る良い機会だと思ったのである。思わず亡き父の顔が脳裏に浮かんでいた。

一瞬、一同沈黙したが、次の瞬間上畑の迫力に感動したかのように男達は次々と上畑に酒を勧めた。

「さすが、上畑殿じゃ、父親譲りの小太刀の腕は確かなものじゃろう。これで武蔵に一泡吹かせられるぞ」

決行当日。探索に出向いていた件《くだん》の若年の男が帰ってきた。武蔵は午前二時頃に城内を見廻りに出るとの事である。

物陰に隠れて上畑卓蔵は二尺三寸の樫の木刀を構えて待ち伏せした。武蔵の影が近づいてくるのが見えた。卓蔵は数ヵ月前、納戸で戸口に背を向け一心に書画を描いていた武蔵の隙《すき》を思い出していた。肩を打てばよいだろう。武蔵が土蔵の横を通り過ぎたのを見計らって脱兎の如く飛び出し、「はっ」と声を出しつつ武蔵の肩を目掛けて木刀で鋭く打った。

しかし、一瞬のうちに武蔵の姿が視界から消え、木刀は空を切っていた。あっと思う間もなく横手から唸りを上げて武蔵の木刀が襲いかかり、卓蔵の左肩を打ちつけた。激痛が走った。此に怯むことなく卓蔵は瞬時に小太刀の技で武蔵に打ち掛かったが、武蔵は斜めに飛び上がりざま卓蔵の籠手《こて》を強く打っていた。

ガキ！　と腕が折れる音がした。それでも卓蔵は木刀を離さなかった。武蔵の第三打は卓蔵の右肩の骨を砕いた。遂に卓蔵の手から木刀が抜け飛んだ。しかし武蔵は攻撃の手を緩めなかった。圧倒的な優位に立ちながらも執拗に卓蔵の腕を連打した。

卓蔵はその場に倒れ伏した。遠のく意識の中で微かに――修行されよ――と聞こえた気がしたがそのまま気を失っていた。

長い時間に思えたがそれほどでもなかったのであろう、意識が戻り倒れたまま前方を見ると、武蔵の大きな影が何事もなかったかのように闇夜の牛の如く歩いていくのが見えた。

上畑卓蔵の目に涙が滲んでいた。

立ち上がろうとしたが、右手は全く無感覚で肩から腕にかけて血が垂れていた。左手で体を支え、立ち上がりかけたが、激痛が胸と背中を襲った。這うようにして木刀を拾い、これを杖にして歩き始めた。

その頃、待ち受けていた料理人達のところへ、若年の男が泣きながら駆け込んできて大騒ぎとなった。上畑が武蔵に打ちのめされるのを目撃し恐ろしさのあまり逃げ帰ったのである。男の顔は恐怖で引き攣っていた。

夫の帰宅が遅いのを案じて表で待ち受けていた彩《あや》は、血だらけの卓蔵を見て驚き叫んでいた。

「あなた！　一体どうなさったのです」

「近くへ寄るな！　事情は後で話す。今は一人にしてくれ。この事は誰にも言うでないぞ」

卓蔵は左手で汲み上げた井戸水を頭から被り、妻に言った。

「強い酒と灰を用意してくれ。それに晒《さらし》もだ」

彩は気を静めつつ、夫の言う通りにしたが、目は恐怖で引き攣っていた。

卓蔵は一人で納屋に入っていった。

卓蔵は灰と酒を手許に置き、重い鉈《なた》を側に置いた。右腕を丸太の上に載せ左手で肩の辺りを晒《さらし》で強く締めた。そして左手に鉈を持つと其れを思い切り振り下ろした。

一瞬――己に勝つ事だ――と言っていた武蔵の言葉が頭を掠めた。

酒を含み何度も切り口に吹きかけ、灰を塗り、晒を巻き始めようとしている時、彩が飛び込んできた。溢れる涙を拭おうともせず彩は晒をしっかりと巻きつけていた。

「ここにあなたの子がいます」

彩はお腹に上畑の左手を添えていた。上畑は無言であった。

この一件は直ぐに城内に知れ渡り、やがて藩主忠真の知るところとなった。不審に思った忠真は、武蔵を呼んで問うた。

「武蔵殿、料理人上畑と貴殿の間に何があったのか伺いたい。料理人は大怪我をしたとの事だが、貴殿は大事ないか」

「殿、御心配をお掛けして申し訳ございませぬ。夜廻りをしておりましたところ突然打ち掛かって参りました故。相当腕の立つ者と見ましたが、賊でなく御家臣であったとは、不覚でございました。上畑殿には充分な加療を願いたいと存じます」

「上畑卓蔵はなかなかの人物じゃが、この度の一件で右腕を失ったとの事。利腕《ききうで》を失くしたのではもはや料理人としては生きてゆけまい」

忠真は無念そうに言った。

「お言葉ながらたとえ利腕を失くそうとも、後は本人の心掛けと修行次第と存じまする」

忠真の顔には困惑がありありと見えた。

「確かに。しかしそれは武蔵殿のように強き人物にのみ言えること」

忠真は嘆息しながら言った。

上畑卓蔵はその頃、一人で仏壇の前に座り、父の位牌を前に静かに瞑想していた。これから自分はどう生きるか、料理人として再起出来るのか、妻や子はどうなる。今まで大して感謝もせず、当たり前に思って使っていた右腕だが、失って初めて知る有難さ、人間は何と傲慢な事か。それにしても武蔵という人物は何者か、私に反省させる為だけにこんな目に遭わせたのか。卓蔵は武蔵の真意を測りかねた。

瞑想の後、彼は一昨日切り落とした右腕を晒に丁寧に巻くと裏山に登り、瞑目しつつまだ若い桜の木の根元に穴を掘って埋めた。

料理人上畑卓蔵は決心した。今まで以上の料理人になる。

武蔵を見返してやろうとの思いが胸にあった。

卓蔵は家老を通して小笠原忠真に暇乞いをした。忠真は彼を惜しんだが止むを得ぬ事だと許すしかなかった。

それから卓蔵の生活は一変した。朝方四時に起き、裏山に走り登り、左手で木刀を何百回と振った。山から走り下りると、無心に座禅を組んだ。食事を質素にし、一日中体を使う修行に打ち込んだ。

妻の彩は黙々として夫の意のままに尽くした。数十日が経つと、右腕のつけ根が痛んできた。夏が近かった。多分、化膿してきたに違いなかった。彩が晒を解き、山から摘んできたヨモギを患部に当て、搾り滓《かす》は晒に塗ってくれた。それでも治らず、化膿が進んでいるようだ。卓蔵は妻の目を盗み、思い切って焼きゴテを切り口に当てた。切り口は大きく紫色に腫れていた。

二ヵ月が過ぎた頃漸く痛みも治まり傷は癒えた。卓蔵は思い立つ、あと一月《ひとつき》ほどで再び京に出る、そして基本から料理を勉強する為禅堂で修行をする事を。

ある時、親しくしていた下関の老漁師のところに暇乞いに行ったところ、武蔵に頼まれたと言って、卓蔵は一貫目と二貫目の二尺ほどの鉄棒を手渡された。

老漁師によると、数日前に武蔵がやってきて舟島（巌流島）へやってくれと言ったという。不審に思いながらも渡してやったところ、武蔵は暫し砂浜で瞑想に耽った後、静かに小次郎の小さな石の墓に頭を垂れ、更に傾いていた墓の石を積み直し他の石で補強までしたという。そして浜に帰り着くと、件の鉄棒を取り出し、こう言ったという。

「上畑殿がここに来たら渡してほしい」

卓蔵は初めて武蔵の心が分かったような気がした。

一貫目の鉄棒が容易に振れるようになったら、今度は二貫目の鉄棒を振れというのである。鉄棒は卓蔵の行く末を案ずるが故に、武蔵が残したものであった。

卓蔵は帰宅すると早速一貫目の鉄の棒を振ってみた。ずしりと重みがきて百回も振ると腕が上がらなくなってきた。まだまだ腕の修行が足りない事を思い知らされたのである。

次第に軽く振れるようになると今度は二貫目である。やがてそれも軽々と振れるようになった。その頃には左腕一本で百回以上も腕立て伏せが出来るようになっていた。

それを見ていた妻の彩の目に涙が光っている。彩の腕の中に生まれたばかりの赤子があどけない顔で眠っていた。

やがて武蔵が小倉を後にして熊本の細川忠利公の下へ行くという報せが卓蔵の耳に入った。卓蔵は左手でしっかりした草履を二足編んだ。それはこの一年足らずの苦悩と前向きな人生の光を編み込めた草履であった。

城下の外れで彼は彩と一緒にこの草履を手に武蔵が来るのを待った。彩の背中には乳飲み子が眩しそうに背負われていた。

ゆっくりと武蔵が近づいてきた。一間ほど離れたところで武蔵は立ち止まり、慈愛に満ちた眼差しで卓蔵を見た。

卓蔵は頷きながら自ら武蔵に近づき草履を左手で手渡した。その左手は以前よりも遥かに太く逞しくなっていた。

両者とも無言であった。二人にもはや言葉はいらなかった。武蔵は静かに目礼していた。親子三人は悠然と歩いていく武蔵の広い背中を見送っていた。

卓蔵の手の中に武蔵から手渡された一片の和紙が残った。ゆっくりと広げてみた。それには武蔵の達筆な字で――朝鍛夕錬《ちょうたんせきれん》、我事に於いて後悔せず――と書かれていた。

それは朝夕の厳しい修行と行動は、常に信念に基づき一切後悔しないという人生の指針であった。

この武蔵の言葉は大いに励みとなり、上畑卓蔵の心に新たなる厳しい修行への決意を刻みつけるものであった。

天命に安んじ、天命を楽しむ心境がいつの日か来るだろうか、卓蔵は身震いする思いで空を見上げた。

それから数年の歳月が流れた。熊本からの風の便りで、禅をよくし、片腕ながら技倆優れた料理人が細川公に召し抱えられた事を小倉の人々は知った。

其の三　命の償《つぐな》い

武蔵は既に四十の齢を重ねていた。時代は刻々と移り変わり、徳川の治世となっていた。

武蔵は修行を第一とし、一切の甘えを切り捨て、不敗の剣豪として生き、その評価も固まっていた。

だが彼は自らの剣技を更に深める事を自分自身に課していた。

武蔵は自らに問う、武士道とは何か。

多くの武士は潔く死ぬ事と考える。主君の命により、切腹する者は後を絶たない。だが、理不尽な事で自ら命を絶ってよいものか。武蔵は命を失う事を恐れないが、不条理ならば、生き抜く事に全力を挙げるべきであると考えた。

針ケ谷夕雲という天才的な剣術士がいる。彼は仕官や出世を望まない。彼の剣法は、「相抜けを以《もっ》て、至極の幸いとなす」とする。

武蔵は考える。剣術において、相手と立ち合った場合、相手が弱ければ勝てる、相手が強ければ負ける、互角であれば相打ちとなる。この相打ちが問題である。通常相打ちの場合、双方傷ついて一方が死ぬか、両者とも死ぬか、両者とも傷ついて終わるかである。

夕雲の相抜けとは引き分けを意味する。名人の域に達した者同士が立ち合えば、どうしても相手を打つ事が出来ないから引き分ける。

だが武蔵は夕雲の考えは採らない。剣の道は心技・体をなし相手に勝つ為にある。しかし、武蔵は相打ちを避けたりしない。実力伯仲すれば、同時に刀を振り下ろす相打ちはありうる。この場合、武蔵は引き分けとなる結果を採らない。「相打ち抜け」という技法で武蔵は勝ちを目指す。相打ちで相手の刀の切っ先が僅かにこちらの額に届いても、相手に同時に深く打ち込めば相手は死に至る。

岩流小次郎との勝負が、正に相打ち抜けであった。

だが、この技法は公式試合においては異論がある。それは、どちらが先を取ったかが重要で、相手の死を条件にしないからだ。

真剣での果たし合いは一方が死に至る例が多い。武蔵はよほどの理由がない限り真剣での立ち合いはしない。

人は一人で生まれ、一人で死んでいく、これは自然の摂理である。だが、偶然死ぬるのと必然の死とは異なる。

不条理の死はあってはならないと武蔵は考える。如何に多くの人が不条理な死を遂げてきたか。条理に味方して、不義を討つ事は止む得ない。

ある藩のお家騒動において、藩主から協力を頼まれた事があった。

悪事を働きながら、当の本人である家老が自らの正当性を幕府に訴えようと画策していた時の事である。家老は屋敷に籠もり、かなり遣い手の兵法者を身辺に置いていた。問題を解決する為武蔵は藩主の代理として家老の屋敷を訪ねた。座敷に通された武蔵は座して脇差を右側に置いた。これは戦意がない事を意味する。右側に置いたのでは、直ぐに刀を抜く事が出来ないからである。

暫くして家老の意を受けた武士が出てきて座し刀を自分の左側に置いた。これはいつでも抜ける態勢である。因みにこの男は一刀流の師範の腕前である。

武蔵は平然と藩主の意向を伝え説得を試みたが、相手は妥協の余地なしとして申し入れを聞き入れない。一呼吸おいたところで相手の目が動き瞬時に刀を抜いた。いや半分抜いたところで武蔵が一瞬早く相手の胴を斬り抜いた。武蔵は左手も右と同様に使える。偏《ひとえ》に日頃の習練の賜物であった。

家老は藩外追放となり一件落着となった。

武蔵は藩主に中国のある故事について話して聞かせた。

「『人の小過を責めず、人の陰私を発《あば》かず、人の旧悪を念《おも》わず、三者は、以て徳を養うべく、亦以て害を遠ざくべし』とは、つまり、人の些細な過失を責めたりせず、人の隠し事を暴き立てず、人の過去の悪事をいつまでも覚えていたりしないようにする。この三つの事を実行したら、自分の徳を養う事が出来るし、また他人の恨みを買うような災いを遠ざける事も出来るという事でござる」

武蔵の厳しい言葉に藩主は充分気をつけようと約束した。

武蔵は考える。

日頃から槍や刀、甲冑などを手入れしておく事が武士の嗜みであり、常にその時に備える事が大切である。

今武蔵は丹波路を歩いていた。

徳川の世となり、世情は少し落ち着いてきたとはいえ、まだまだ騒然としていた。戦国時代の終焉は人々の生活にも様々な変化をもたらした。

戦がなくなり鍛冶屋の仕事が減った。豊臣方についた者達は、仕官を求め放浪する者数知れずであった。武蔵自身も浪人の身である。しかし、武蔵の場合は養子の造酒之助《みきのすけ》が姫路城の本多忠刻《ほんだただとき》公の小姓として仕官したので、それでも恵まれていたのかもしれない。

村外れのとある神社の前を通り掛かった時、突然二人の武士が武蔵の眼前に立ち塞がった。顔立ちが似ている。兄弟かもしれない。多分、落ち武者であろう。

二人が刀を抜いた。

「やい、身包《みぐる》み脱いでゆきやがれ」

「拙者に必要なものばかりだ」

武蔵は木刀を八相に構えた。一気に勝負をつける為だった。武蔵はこの二人の腕前を見抜いていたのだ。刀術では構え方、眼光、間合いの取り方、それに顔相によって相手の実力が分かる。

二人はほぼ同時に打ち掛かってきた。武蔵はあっという間に、左側に立つ男の籠手《こて》、そして右側の男の肩を打っていた。ほぼ同時、一瞬の事であった。

「ギャー」

二人は声を上げ、太刀を投げ出して、神社の奥に走って逃げていった。

武蔵は三人までなら一瞬で倒す事が出来る。以前、ある道場で立ち合いをした際、当初一人ずつ立ち合っていたが五人まで打ち負かしたところで、今度は二、三人ずつ掛かってこさせ、それも円明流（後、二天一流）を以て気迫で打ち込み、都合十二人を打ち負かした。折った木刀は三本だった。道場主は勝負する事なく頭を下げていた。そして大小二本の木刀を持って戦う円明流に衝撃を受けた道場主に乞われ、二、三ヵ月滞留して弟子達に教えた事があった。

丹波路の外れまで来て、この街道に餅米と黍《きび》で作ったうまい餅を食べさせてくれる茶店があったのを思い出した。茶店を目指し更に歩いていくと、まだ夕刻だというのに、辺りの家々全てが雨戸を閉め静まり返っている。盗賊が横行したこの時代にあっては珍しい事ではないが、何かがおかしい。武蔵は直感的に異様な気配を感じ取っていた。

彼は茶店の前に立った。雨戸が閉められている。裏に回り、納戸の外窓を叩いた。暫くすると、格子戸の隙間からお婆が覗いた。

「お婆、久しぶりじゃのお、わしじゃ、新免じゃ」

訝《いぶか》しげな目つきで外を窺いながらお婆は武蔵をじっと見た。漸く婆の目が少し和らいだ。暫く待つと、引き戸が少し開いて武蔵を招じ入れた。お婆には三十そこそこの一人息子がいる。息子の甚兵衛の手には鎌が握られている。

「武蔵様じゃのお、久しぶりでございますのお、お元気そうで何よりじゃ」

「大坂夏の陣の時は世話になった。ところで今日のこの静けさは如何したのか」

「それがあんたさん、平助さんのとこに男が押し入って、三つの坊を人質にして立て籠もっておるんじゃ。あの子いつ殺されるか分からん。庄屋さんからのお、雨戸を閉めて一切外に出るなというお達しじゃよ。あんたさん強いお侍じゃき、助けてくれんかいのお」

武蔵は、やはりと思った。

「それで相手は何人だ。武器は持っておるのか」

若い男が一人で、短刀を持っているとの事である。

「太閤さんの城が落ちてから世の中変わってしもうた。関東の徳川が来てからわしら無茶苦茶じゃ。鋤《すき》や鍬《くわ》も没収され、畑仕事にも事欠いておるのじゃ」

「お婆分かった。庄屋のところに案内してくれ、子供を助けねばならぬ」

武蔵は息子甚兵衛の案内で庄屋のところへ向かった。

陽が落ちて暗くなり始めていた。

武蔵は編み笠を被り、脇差と寸のびの短刀を腰に差している。甚兵衛が庄屋の家の戸を小さく叩いた。

庄屋の栄蔵は六十がらみの分別を感じさせる男であった。

「武蔵様とやらよくぞおいで下さった。わしらほとほと困り果てておりましてな、郡のお役人に届けると討ち手が来ますよって、相手を討つ事は出来ますが、子供の命はまず助からんと思いましてな」

庄屋は、武蔵の出で立ち、眼光鋭く、長身で如何にも安心感を与える姿に厚い信頼を寄せた。

「庄屋殿、明朝動くとして、夜の内に策を練るとしよう、まず人を集めてもらいたい。若い衆を五人、そして年嵩《としかさ》の者を三人じゃ」

庄屋は直ちに家の者を使いに走らせた。

待っている間、武蔵は庄屋の語る話に耳を傾けていた。

「この村は八十戸ほどですが、村の者達は皆人が良くて働き者ですわい。今でこそ米の収穫はかなり減りましたが、かつては良い米がぎょうさん採れて他村から羨ましがられました。ところが、西軍、東軍に分かれての戦のお陰で田畑が荒れてしまいましたわい。田畑だけじゃない、人の心も荒れてしまいました。この村を昔のように良い村にせにゃならんと思うておるんですわい」

やがて、夜陰に乗じて、続々と人が集まってきた。

「皆の衆、このお侍は新免武蔵様というお方じゃ、このお方が救って下さる。武蔵様の御指図をよく聞くのじゃ、何としても子供を助けねばならない、宜敷く頼むぞ」

武蔵は静かに語り始めた。

「誰か、どうしてこのような事になったのか詳しく教えてくれ。賊は一人との事だが、家の何処におるのじゃ」

庄屋が命からがら逃げてきた平助と、その女房から聞いた話を語り始めた。

昨晩七時頃、平助が寄合に出かけ、女房と八歳の女の子、そして三歳の男の子が家に残った。九時過ぎ、戸を叩く音がするので、女房が主人と思い戸を開けたところ、やにわに頬被りをした若い男が押し入ってきて、女房に短刀を突きつけ声を出すなと言う。そのままの状態で男は女房に戸を閉めさせ子供達を睨みつけた。女房は驚怖で声が出なかったが、子供達を奥の間に連れてゆき布団を掛け、主人が帰るまで、ひたすら男を刺激しないようにしていた。やがて男は米を三升ほど寄越せと言ったが、一升五合ほどしかないと言うと、隠し米があるだろうと短刀を振り回した。

ちょうどその時平助が帰ってきた。男は女房に短刀を突きつけ、主人に早く米を用意しろと言う。平助は米を用意するふりをしてつっかい棒を握り男に打ち掛かった。一瞬、男が怯んだ隙に平助は女房に逃げろと叫んだ。女房は三歳の子を抱きかかえ、女の子を庇うようにして戸口に向かった。すると男がすっ飛んできて、抱きかかえていた男の子をむしり取るように奪った。そして大声で泣き叫ぶ男の子の首に短刀を突きつけながら平助に向かって、子の命が惜しければ手向かいするなと叫んだ。それで仕方なく男の子を置いて転がるように逃げてきた。

栄蔵の説明で、武蔵は全体を理解した。人質が一人だけで幸いだったが、三歳では自力で逃げ出すのは難しい。救出時の一時の油断が最悪の事態を招きかねない。

武蔵は村の者に言明した。

まず男の子の命を最優先する。慌てない事、焦らない事、一切の油断は禁物、武士である武蔵の存在を悟られないようにする事、指図は全て武蔵が行う事、絶対に勝手な行動は取らない事。

庄屋を含む九人の村人を武蔵は三人ずつの班に分け、班毎に長たる者を決めた。そして、それぞれの班は各々常に行動を共にして連携して事に当たる事とした。

これは一つの兵法であった。

「決行は明朝、各班は交替で寝ずの番をしてくれ。庄屋殿にはもう一つ頼みたいことがある。男に書状を書いてもらいたい」

武蔵が庄屋に書状を書かせたのは相手を油断させるためであった。

一、子供を解放することを条件に米三升を与える。
一、庄屋が一人で子供を受け取りにいく。
一、子供は何処で解放してもよい。
一、村役人には一切何も言わない。

書状は戸口の隙間から投げ入れられた。

三班が交替で聞き耳を立てて家の中の様子を窺った。時折子供の泣き声が聞こえてくる。武蔵は隣の家の土間に筵《むしろ》を敷いて座り待機していた。何か変化があれば脱兎の如く飛び出すつもりだ。

朝が来た。村は何事もなかったかのように深閑としている。武蔵は当然一睡もせず朝を迎えた。武蔵の五感は兵法者として常に冴えていた。彼は三軒先に用意した詰め所に五時に入った。六時過ぎ偵察に行っていた者達三人が交替で帰ってきた。夜中に子供の泣き声が時折聞こえたが、今は静かだ、多分、賊は母屋の土間にいるのではないかという。出来るだけ慎重に賊と子供の距離を隙間から見て摑むように武蔵は指図していた。これまでの報告で賊は刃渡り六寸ほどの短刀を持っている事が分かっている。

武蔵は庄屋を呼んで策を授けた。まずにぎり飯を用意しておく事。

七時頃、戸の辺りに米粒を撒いておく。雀《すずめ》達がやってきて喧《やかま》しく突《つつ》き始める。そこへ庄屋が現れると、雀達が飛び立つ、その物音で男は戸板の隙間から外を見るだろう。その時、徐《おもむろ》に声を掛け、油断させるのだ。

「拙者は戸の左手に藁《わら》を立てその陰に潜んで男を待ち伏せする」

いよいよ決行の時が来た。

庄屋が米粒を撒き、それを雀達が啄《ついば》み始めた。煩《うるさ》いほどである。緊張感が走る。村人達はそれぞれ家の中に待機している。

庄屋が進み出て恐る恐る座った。それに驚いて雀達が音を立てて一斉に飛び立った。中で男の気配がしたのを確認し、庄屋が落ち着いた声で男に話し掛けた。

「中のお方、書状を読んでくれましたか。何も心配せんでよい、あんたが腹をすかしておるのもよう分かる。わしらとて同じじゃ。米は持てるだけ持って行きなされ、心配せんでよい。あんたさんとわしの約束じゃ。聞いておるかいな。取り敢えずにぎり飯を持ってきたでな、一緒の子も腹をすかせておるじゃろ、これを食べなされ」

庄屋は、懐から竹皮に三つばかり包んだにぎり飯を出し、中味が見えるようにして戸口の前に置いて後ずさりした。

庄屋の額に汗が滲んでいる。

武蔵は冷静に寸のびの短刀（通常の短刀より刀身が少し長く、狭い空間での戦いに向いている）の鯉口を切り、時機を待った。鋭い眼差しを戸口に向け集中している。

戸口は開かない。庄屋は更に下がってじっと戸口を見つめた。

やがて、戸が一寸ほど開いた。

「あんたさん、何も心配いらんで、にぎり飯を食べてくんろ」

庄屋がそう言い終わると戸がピシャリと閉められた。それから暫くして戸が開いた、子供の泣き声がする。きっと腹をすかせているに違いない。戸が三寸ほど開いて男が顔を覗かせ、周囲の様子を窺っている。

小鳥の囀《さえず》りだけが響く、静かな朝だ。

男は恐る恐る手を伸ばし、竹皮を中に引き摺り込んだ。そして男が戸を閉めようとした、その一瞬に武蔵の体が鳥のように飛んで戸板を破り中に飛び込んだ。

ギャーという男の声と子供の激しい泣き声が辺りに響き渡った。それを合図に隠れていた若者達が棒を持って殺到する。土間の暗がりの中から武蔵が泣く子を抱えて飛び出してきた。

男は仰向けに倒れ、口の周りには飯粒がいっぱいついている。男の左腕は肘の辺りで切断され鮮血が溢れ、短刀が傍に落ちている。村人達が男の上に折り重なるようにのし掛かっていた。それでもあまりにも劇的な一瞬に多くの村人が茫然としている。武蔵が座り込んでいた庄屋に子供を預けると、庄屋は子供をしっかりと抱き締め、何度も頭を下げていた。そこへ子供の母親と父親が駆けつけ子供を抱き締め、大声で泣いた。

顔面蒼白の男が引き出された。村人が騒ぎ始める。

「その男を殺せ！　殺せ！」

「止めんか」

武蔵は周囲を威圧するように「わしの指示に従うのだ」と言った。

武蔵は男の腕の付け根を布で強く縛り上げ止血していた。やがて村人達の数が増え大声を上げ始めた。男を棒で突く者もいる。男は泣きながら武蔵に縋りつき助けを求めている。

　武蔵は大声で制止した。

「子供の命は助かった。これも皆のお陰だ。じゃが、この男の事はわしと庄屋に任せてほしい。この男にはきっと償いをさせる」

　庄屋が皆に語り出した。

「今回の一件は新免武蔵様のお力添えがなければ解決せなんだ。役人なんぞ呼んでいたら、きっと子供の命は助からなんだろう。武蔵様のお陰で誰も命を落とさなかったのじゃ、良い解決が出来た。武蔵様の言われる通りにしようではないか、なあ皆の衆」

　村人達は一瞬、沈黙したが、やがて大声で「武蔵様のお陰じゃ、有難い有難い」と口々に叫び、土下座して拝む者も多かった。

　武蔵は庄屋に進言した。

「幸い村の者は誰も傷ついていない。村役人へは、男は自ら子供を解放したが、その際過って拙者に片腕を斬り落とされたと届け出ようではないか」

傍では男が腕から血を滴らせながら突っ立っていた。その顔は汗と泥で汚れ、その目は大粒の涙で溢れていた。

武蔵は男を庄屋の家に引き立て尋問した。

男は丹後の生まれで、名は丹治といい年は二十五歳であった。父親が刀鍛冶をしていた為自分も鍛冶師を目指していたという。しかしある時、戦国武将に家を襲われ、刀を略奪された上に父親が右手に大怪我を負わされてしまった。父親が刀を打てなくなって、家屋敷は借金の形に取られ、そのうち父も母も死に、丹治は仕事を探して放浪生活をしていたという。そしてとうとう食うに食えなくなってこの村に辿り着いたのだった。

男の話を聞きながら武蔵は深い眼差しで丹治を見つめた。

戦国時代は終わった。しかし人々の暮らしは一向に良くならない。それればかりか農民達は一から出直しである。何故なら戦乱によって荒れ果ててしまった田や畑を、以前のように豊かなものに生き返らせなければならないのだ。

その時、武蔵は思った。

「そうだ、鍛冶師丹治の技を活かす場がある。命の償いじゃ」

丹治ならこの村を生き返らせる事が出来るはずだ。だが問題は丹治は左腕とはいえ腕一本失っている。右腕一本で鍛冶師が務まるか。修行じゃ、修行しかない。

庄屋も是非やってほしいと言う。

「丹治、やれるか」

「武蔵様、どうかやらせて下さいませ、どんな苦労も厭いません。必ずやり遂げてみせます」

武蔵と丹治の苦闘が始まった。武蔵は村中を調べて回った。田や畑は荒れ放題。鋤や鍬も足りない。一刻も早く作らねばならない。

一方、丹治は残った一本の腕を鍛えるため、重い鉄の棒を日に何百回と振り回した。更に丹治はなくした左手の代わりを足の指と口にさせようとしていた。

そんな時である、茶店のお婆が息子甚兵衛を使ってほしいと頼みに来た。武蔵も丹治も喜んで承諾した。

庄屋が砂鉄を仕入れ、更に小さな炉や鞴《ふいご》を手に入れてくれた。準備は着々と整ってきた。

武蔵と丹治は汗だくとなりながら鉄を叩き出した。片腕とはいえ丹治の鉄打ちは美事なものであった。甚兵衛も雑用と丹治の補助を上手にこなしてくれている。

村人達が三人の仕事ぶりを見に来ては、感嘆して帰っていった。

武蔵と丹治が次々と農具を作り出し、農民達が嬉々として田畑を生き返らせる。村に次第に活力が蘇ってきた。

やがて一年が経った。稲の穂があちこちの田で頭を垂れている。

心地よい風が吹き渡る。

武蔵の旅立つ日が来た。丹治と甚兵衛は涙ながらに別れを告げる。村人達の多くが土下座して名残を惜しんだ。

いつの日か帰ってこようぞと武蔵は皆に言った。

それから五年の歳月が流れ、武蔵が帰ってきた。村人達が走り回って村中に伝えた。先生が帰ってこられた。

武蔵は丹治と甚兵衛の元を訪ねた。すると、そこには人質だった男の子勝治が小さいながら働いているではないか。丹治、甚兵衛、勝治の三人を武蔵はその大きな胸に抱きかかえていた。村人達の多くが涙した。

「正しく命の償いじゃ」

庄屋は武蔵に深々と頭を下げ感謝した。

空は晴れ渡り、たわわに実った稲の穂が秋風に揺れている。

武蔵は大きく頷きながらそれを眺めていた。

其の四　密命のロザリオ

空の青が消え、いつの間にか鉛色になっていた。色あせた編み笠をかぶった武士は急ぎ足をゆるめ、編み笠をあげて空を見上げた。

暗黒色の雲がおおいかぶさるように広がっている。だが、はるか西の空のスキ間にかすかな陽光が残っている。武士はほっと一息を入れた。

垣間見たところ、比較的背は高く、顔面はやや面長だが、色浅黒く、黒い眉は意思力の強さを表している。眼光は鋭いが、白目が薄いブルーがかっているのが印象的である。年の頃、三十五、六と見た。

武士はキリシタン大名、高山右近配下の下士である。彼は右近からある重大な密命を帯びて九州をめざしていた。行先は、島原、天草方面であった。彼は隠れキリシタンとしての重大な任務を心に秘めているのだ。

時代は日本統一をめぐって諸大名が争い、まさに混沌としていた。キリシタン信仰者達にとっても禁制の網が次第に厳しくなりつつあり、苦難の時代を迎えようとしていた。

天下統一を目ざした豊臣秀吉は、キリシタン禁令を出しながらも側近や大名達にキリシタン信仰者が多い事に配慮して、比較的寛容なふるまいをしていた。秀吉の実利主義により、九州征伐は、キリシタン大名高山右近を始め、小西行長等によってなしとげられつつあったからだ。

キリシタン大名、高山右近は類まれな高潔な人格、豊かな人間性に恵まれ、剣術においても人並みはずれた能力を持ち、武将としてその戦略は智力と計画性に於て天才的な能力を有していた。はじめに彼の能力を見破り、見出したのは織田信長であった。

信長との係わりにおいて、右近は信長の茶頭であった利休と出会い、利休の弟子となった。

やがて右近は茶禅一味という利休の茶道を会得し、茶道において利休の高弟となったのである。その茶は清烈と評された。

だが右近にとって主君となった信長は恐ろしい存在であった。

高山右近は天文二十一年（一五五二）の生まれである。父は摂津国高山の土豪、友照である。友照はポルトガル宣教師ヴィレラにより受洗した。息子の右近も父についてキリシタンとなった。青年時代、和田惟長を敗り、高槻城主となった。信長はこの右近の武将としての判断力、苛烈さを評価し、キリシタンとして許す寛容さがあった。右近が信長を恐れたのは、信長自身を神の化身とするかのような振る舞いがあった事であった。

やがて、信長は家臣の明智光秀に討たれ、信長の天下取りの夢は消えた。

光秀がもし天下を取っておれば、キリシタン信仰者にとって信長と同様か、あるいはそれ以上に寛容であった事が考えられた。

なぜなら娘の玉子は後になるが、高山右近の強い影響により、自ら受洗しキリシタンとして深く信仰の道に入り、細川ガラシャとして光り輝いているからである。

だが、主君信長を討ち天下を取ったはずの光秀は三日にして、羽柴秀吉に討たれ、時代は秀吉のものとなったのである。

秀吉は信長同様に右近を武将として高く評価し、キリシタン大名としての地位を公然と認めていたが、九州侵攻の時、突如として秀吉の考えが大きく変化する事態が起きたのである。右近が日頃心配していた事が現実のものとなったのである。

天正十五年（一五八七）六月十九日の夜であった。

九州侵攻も進みつつあり、秀吉は博多の殿中で上機嫌で酒宴をしていた。昼間、秀吉が意中に想い入れた博多の美女を殿中に召すように、世話役の元叡山の僧全宗に命じていた。

かかる場合、いかなる時においても秀吉の意のままに女子《おなご》を召し出す事が出来たのである。

「全宗、よか娘召し出したかの、余は早よう早ようと待っておるぞ」

全宗の顔にくもりが生じた。

「殿の意のままに女子《おなご》の親族と交渉致しましたが、全く以て心外な結果となりました」

「なんと、事が運ばなかったと」秀吉の顔色が変わった。

「はい、いえ数人の女子は別室に控えさせておりますが、殿、御指示の例の女子は叶いませんでした、平にお許しを」

「なんとや」秀吉の顔色は青くなった。

女子の中で秀吉好みの特別意中の女子を召し出す事が出来なかったのである。

全宗が顔色をひきつらせ、汗をたらしながら説明するには、——妾は切支丹でありますから、奥御殿に参られませぬ、神父様はきっぱりとお断りなさるのが正しいとの事です——

「なんと、キリシタンだから断ったと申すのか」

「いかにも左様でございます、愚僧の力量不足とは申せ、女《むすめ》の親族と思われる者達から、道ならぬ事ぬかす坊主だとののしられました次第でございます」

「おのれ、キリシタン女郎め」秀吉は烈火の如く怒った。

話は急速に悪化した。予期せぬ事となった。

翌日、直ちに宣教師追放令を下し、併せて五ヶ条の尋問に及んだのである。

当時、博多にいたコエルホ司教は、昨日まで友好的な秀吉が突然、意外な尋問をつきつけ、追放令を出すとは、事の重大さに驚愕したのである。

尋問は次の通りであった。

一、何故に強いて日本人に切支丹宗門を勧むるか。

二、何故に我国法に叛き神社仏閣を破毀するか。

三、何故に佛僧と不和を生じ之を苦しませるか。

四、何故に耕作に必要なる牛を殺して食用となすか。

五、何故に日本人を買い取って南蛮に連れてゆくか。

秀吉の矛先はキリシタンとしての実力者、高山右近にも怒りが向けられた。

——其方儀、基督教を篤信して、祖先の宗教を棄て、神社仏閣に放火して暴言を加え、其従臣等に迫りて基督教に入らしむる事、不届至極なり……因って其方、即刻基督教を信ずるを止めるべし、若し之を拒むるに於ては家財領地及職務を剥奪し、流刑に行ふべし——。

戦場で多大の功のあった右近はこの令状に困惑し、思案の末、意を決して回答した。

「余は決して基督教の不信者となる事能わず」であった。

その後、秀吉は再三にわたり、右近に対し棄教を迫ったが、秀吉よりもゼウス（神）をとると明言したので、大名の地位を追われ、加賀の前田利家預けとなったのである。

だが、利家は右近が本来、秀吉に貢献してきた誠実にして苛烈な武将であり、清貧に甘んじ、侘び茶において利休の信頼厚く高弟でもあったので自由な行動を許した。そのため右近は信仰の面において広く活動する事が出来、多くの民衆との交わりが出来たのであった。

しかし、秀吉の考えを知り、右近は強い危機感にさいなまれ、多くの信者達の会合に出ると共に、かつての部下達の中で信頼の厚いキリシタン達に多くの政策、教養を教え、権力の及びにくい能登地方にまで出かけ、信者の集まりを指導したのである。

天正十九年（一五九一）二月二十八日、右近の敬愛する茶道の師匠、千利休が秀吉の怒りをかい、京都葭屋町《よしやちょう》の自邸において自刃する事件が起こった。右近は直前に報を聞き、京にかけつけたが間に合わなかった。無残にも利休の首は、一条戻橋に利休自身の木像の足で踏みつけにするかのようにさらされていた。

高山右近は声もなく、天を仰ぎ祈るしかなかったのである。利休の妻は既に熱心なキリシタンとなっていた。

右近はついに決心し、全国に配下の者達を派遣し、キリシタンと権力の側の状況を探索し始めたのである。そして特に危機的状況のところには、隠れキリシタンをおくり、その状況の調査と救出を図る決意であった。

秀吉の時代は刻々と苦境に向かっていた。だが、キリシタン達は次第に追いつめられつつあった。この時、重要な事件が起こった。

文禄五年（一五九六）イスパニヤ船サン・フェリペ号が土佐に漂着した。

高知城主、長宗我部元親より飛報を受けた秀吉は、検使として五奉行の一人増田長盛を差し向けた。

同船の船腹には、金襴緞子、白糸、純金、じゃ香、猿、鸚鵡《おおむ》などの珍貨を満載していた。

検使の増田長盛は積荷没収を前提とする取調べを始めたところ、担当の船員が驚くべき話をはじめた。つまり、イスパニヤは世界一の強大国であり、その版図は地球全域にわたっている。まず宣教師を派遣し、その国民をキリスト教徒とし、その上で本国の軍隊が攻め込んで植民地化するというのである。

この報告を増田から聞いた秀吉は激怒した。秀吉はただちに命令したのである。

——サン・フェリペ号を大坂に廻航せしめ、然る上でその全ての積荷を没収せよ——。

怒りの収まらぬ秀吉は次の手を打った。

——京、大坂のキリシタンを探索し、捕獲せよ——。

奉行、増田長盛は千名の配下の者を京都と大坂に散らし、探索をはじめた。

たちどころに、六名の托鉢修道士会員（イスパニヤ人神父三名、同修道士二名、ポルトガル人修道士一名)、三名のイエズス会修道士、それに十七名の日本人キリシタンが召し捕らえられた。彼らは、こらしめのため、片耳をそぎ落とされ、京都、伏見、堺を引き廻された後、長崎まで長い苦難の旅のあげく、二十六名全員が長崎西坂の丘で十字架にかけられ、左右から突き出された二本の槍を両腋に受け苦悶の凄惨な死をとげた(二十六聖人処刑)。

右近はサン・フェリペ号が大坂に廻航させられたとの報を聞くと、ただちにその対策を講じた。だが時既に遅く多くの信者が連行された。

右近は、九州侵攻からずっと、右近の配下の戦士であり、またキリシタンの弟子であった大町連一郎をよび信者達に警告のため走らせたが、結果として二十六名が連行されたのである。

大町連一郎は九州天草の出身である。父親はキリシタン大名小西行長の配下で、各種の戦闘に参加して功を納めていた。父親はいずれ日本の将来を決す大きな戦闘がある。そのためには田舎から大坂、京都に出て修行し、いざという大事に、武功をたてなければならぬと、連一郎に教えた。彼は十五歳で郷里、天草をはなれた。天草は農地が少なく、貧しい土地柄であったのでこの選択は正しいものであったのだ。父は小西行長と同じキリシタン大名であった高山右近の配下を目ざすように教えた。旅の道中出会った武者修行の剣客と親しく話しているうちに、目が開かれた。つまり、それなりの剣の修行をしていなければ戦場でも役に立たず、武将たる者に引き立ててもらえないというのだった。修行者は、越前の富田流に弟子入りして小太刀の修行をしてきたと誇らしげに話した。つまり戦場では大刀を振り回して戦うのは愚の骨頂である。むしろ身軽に動ける小太刀のほうが分が良いというのだ。

連一郎はその修行者の紹介状をもち、越前富田流の門をたたき、入門を許された。そこで五年間、厳しい修行を行い、それから高山右近の門をたたいたのであった。

はじめて、連一郎が右近の面談を受けた時は強烈であった。まず大きな存在感に圧倒された。

上背もあり、静かだが人を射る目差しであった。また、右近も、連一郎を見た時、本能的に感ずるものがあった。鋭い目つき、自信に満ちた顔、それでいてゆったりとした空気を感じた。木剣での試合を行う事になった。

右近自ら二尺五寸の木刀を持ち、連一郎は一尺五寸の棒をにぎって相対した。右近が同じ長さの木刀でないと勝負は無理だと諭したが、連一郎は、私はこれで修行しましたからとゆずらなかったのだ。富田流は小太刀なのだ。

右近がさそいをかけても、連一郎は一向に動かない。数分の時間が流れた。激しい気合と共に右近の木刀が連一郎におそいかかった。「はっ！」と連一郎も同時に息をはき両者が交り合った。瞬間、右近の木刀は連一郎の頭上にとまり、逆に連一郎の木刀は右近の首筋に止まっていた。両者、相打ちであった。

右近に笑顔がのぞいた。

「其方の腕は分かった、今日から其方を召しかかえる」

「はっ、有難き仕合わせにございます」

大町連一郎が、右近の配下になった瞬間であった。右近は満足げにうなずいた。

右近の下士になり、また弟子となった連一郎はこの時まだキリシタンではなかった。

しかし、毎日の修行は厳しいものであった。朝四時に起き、座禅を組み、その後、城内の者達と床拭き、武具の手入れに汗を流すのである。昼頃になってやっと、簡素な食事が出された。興味深いのは牛か山羊の乳を発酵させ固めたものが時折出された事であった。午後には右近の説教がなされた。それはゼウス（神）にまつわる話が主体であったが、禅や茶の話もしたのである。

連一郎は茶室で右近の茶を飲む事が許された。師匠の利休の教えを守った侘び草庵茶である。この三帖の茶室での一時は心が休まり、精神が高まる作用も感じた。

利休が利休七哲に入れた右近の茶は、簡素、清烈なものと評価されていた事がうなずけるものであった。

右近は配下の者達にしばしば言った。

人間にとって大切な事は人の分けへだてのない愛と信頼、そして和（なごみ）であるという教えである。連一郎は次第に右近の説く神の教えにひかれ、一年後には入信の許しを得たのである。

それから数年の月日が流れ、豊臣秀吉が亡くなった。やはり右近が予言した通り、秀吉側と徳川家康との戦いが始まった。前田利家預けとなっていた高山右近は、主君である利家に従い、徳川方（東軍）についた。慶長五年（一六〇〇）関ヶ原の合戦である。

一日にして徳川方の勝ちとなり、世は徳川幕府として国家統一が進みつつあった。

高山右近達、キリシタンの希望もむなしく、徳川もキリシタンにそれほど寛容ではなかった。

キリシタン大名であった小西行長は秀吉方として戦い、敗北、京都六条河原で処刑された。キリシタン信者達にとって大きな傷手であった。

天草は、慶長六年（一六〇一）長崎奉行を兼ねる肥前唐津の大名、寺沢志摩《しま》守《のかみ》の飛地領地として与えられた。これは関ヶ原合戦の功績として加増されたのである。

天草地方は、キリシタン小西行長の治勢下にあっては、新しく七つの天主堂が建立され、バテレンの神父十一名、修道士五十名という聖職者が活躍していた。村民達は貧しいながらも、年貢に苦しめられる事もなく、平穏な生活に満足していた。当然、キリシタン信仰を目ざす者が多かったのである。

だが、新領主、寺沢志摩守になってから次第に村民達の苦しみが始まったのである。

慶長十八年（一六一三）に徳川家康による大禁教令が発せられた。天草のキリシタンの受難がいよいよ本格的となった。

前田家預けのままの高山右近は比較的平穏な生活をおくっていた。それは、前田利家の息子利長が父の後を継いでいたが、この利長が、右近の影響を受け、自らもキリシタンを希望するところまできていたせいもあったからである。おかげで右近は加賀から能登方面まで歩き、小さな教会を何ヶ所か建てる事が出来たのであった。だが、幕府の禁教令が出てからというもの身動きがとれなくなっていた。

やがて、九州島原、天草地方の信者達から悲痛な声が伝わってくるに至った。

右近は、京都、大坂にひそかに足を運び信者達の小さな集会を何度か開きこれからの厳しい弾圧に負けないで生き抜く事を訴えたのである。彼はその為の秘策を用意した。

彼は信者達が最も恐れている踏み絵について秘策をさずけた。それは、踏み絵を決して恐れてはいけない事、つまりそういう状況に至れば、まず心の中で祈りをとなえ、キリスト図のキリストの顔の部分のみをさけて、体の部分をたとえ踏んだとしても、それは主は許して下さるというものであった。これによって多くの信者が難を逃れる事が可能となったのである。彼はつけ加えた。神は決して形にこだわるものではない。心の中に深い祈りを失わない事が大切だと教えたのである。

右近はついに決心をした。大町連一郎をはじめとし、数人の武士のキリシタンをひそかに集め、隠れキリシタンとして幕府の体制の中に身を沈め、権力の側の情報をさぐり出し、ひそかに信者達に流し受難をさけるという画策である。そのため隠れキリシタンとなる者は、強くゆるぎない信仰心をもつ男で、剣術においてかなりの使い手であることが必須である。

なぜなら、いざという時には自ら敵と闘い、信者を救出しなければならないからだ。

右近はまず最初に大町連一郎の名をよんだ。

「連一郎、そなたは郷里の天草に向かうのだ、今、天草、島原地方は新しい領主のもとに苛酷な税、キリシタンゆえの激しい弾圧に人々は苦しんでいる。

其方《そなた》は強いキリスト者として生きている、武力においても人に負けぬものをもっている。よいか、すぐさま天草へ行くのだ、それが神の御心だよ」

「上様、有難き仕合せにございます、すぐに旅立ち、キリシタンの人々が平和な暮らしが出来るまで命をかけて戦いまする」

連一郎の目に感動で涙があふれた。

「よいか連一郎、其方も知っての通り、天草には、小西行長様に仕えていた武士のキリシタン達が未だ数多く残り、農民となっている。彼等と連絡をとり、弾圧に対する抵抗の組織をつくるのだ。それにイスパニヤ、ポルトガルの宣教師達で作っている地下組織もある。よいか、隠れキリシタンをふやし、連絡を密にし、生き抜くのだ」

高山右近の顔は自信に満ちローソクの火に照らされ輝いて見えた。

右近は静かに祈りをささげると連一郎に歩みより、聖母子が刻まれた銅で出来たロザリオを連一郎の首にかけた。

連一郎は深い感動がわき上がり、涙がとめどなく流れた。

翌早朝、日が出る前に、連一郎は京都を旅立ったのである。半月ほどで佐賀の唐津へ到達した。唐津に立ち寄ったのは、天草の領主は唐津の殿（寺沢志摩守）による支配だったからである。それなりの情報を得る事が任務の一つとして大切であった。

唐津の町はずれの村で安い宿をさがしている時であった。夕刻前であったが一休みしようと、ある古い茶店に入って串まんじゅうを所望した。先客が二人いる。兄妹のような旅姿の二人である。茶店のお婆との会話が耳に入った。どうやら大坂堺から来たという、つまり舟で小倉まで来たようである。お婆が話しかけてくるので、京都から来たと答えた。すると二人連れが連一郎に京都の話をしてきた。なごやかな雰囲気で気持ちがゆるんだ。

侍はまだ二十代であるが上品な出で立ちである。娘は妹だが、年の頃十八ぐらいのようだ。美しい顔立ちである。

二人は島原の口ノ津へ帰るのだという、両親が弱っているのだという。連一郎が天草の志岐《しき》へ帰るところだというと、お互い近いところだとうちとけた話になった。
侍は岡田進之助と名のり、妹はみつといった。
その時であった。表通りがさわがしい。
人々が走ってゆく、何事があったのか騒騒しい。
どれそろそろ出かけるかと、連一郎と進之助、みつの三人は勘定を済ませて
外に出た。
人々が走っていった方角に行くと、やがてし〜んとして、大きな商人の店を
遠くから窺っている。町役人が三人ほど来て、かくれるように相談している。
連一郎が歩み寄り役人に聞くと、三人組の盗賊が家人の女子供を人質のよう
にし、金の無心をしているのだという。関ヶ原合戦の西軍の敗残者のようだと
いう。腕が立つ可能性が高いので手出しが出来ない状況である。
その時、二人の商人が寄ってきて連一郎と進之助に、自分達はこの店で働い
ている者だという、仕事に出て帰ってくると、この有様だというのだ。女子供

達をなんとか助けてほしいと懇願した。

連一郎は決意した。だが相手は三人である。

「岡田殿、如何かな。拙者引き受けようと思うが、貴殿の助けがいる。時間をかけるのは得策とは思わぬ、思いきって二人でなら討ちとれる事が叶うと思うが」

岡田進之助は鋭い目になっている。

「大町殿、拙者、受け申した。作戦としては、どちらかが裏から入ると勝負し易いと存ずる」

「岡田殿、いかにも貴殿のいう通りでござる、ならば拙者、表から入るゆえ、貴殿は裏から入っていただきたい、互いに目立つ鉢巻をいたそう、暗がりでは間違うといかんので」

二人は役人に申し出て了解をとった。

「しからば参ろう」二人は手早く襷掛をし、きりきりと鉢巻きをした。

「岡田殿、よいか、拙者が飛び込む気配を感じたら裏手より、奥の部屋に向かい、女子供を連れ出してほしい」

「御意《ぎょい》」

連一郎は表戸に張りつくように中を窺っていたが、体ごと、蹴破るようにして店の中に飛び込んでいった。

このような実戦の訓練はいつもしているので体が自然に動く、連一郎の腕には二尺ほどの木刀がにぎられている。

中に入ると、賊の一人が拝み打ちで切り込んできた。連一郎はさっと、横に飛びかわすと、男の肩を強く打ちつけていた。

男は小さな声を発して刀をとり落とし倒れた。同時にもう一人の男が脇から切り込んできた。

この男もかわしながら打ち合う。見ると、進之助が女子供のとじ込められた部屋の前の男と切り合っている。進之助の相手も、連一郎の相手もすこぶる手強い、やがて進之助は相手の男を切り倒した。連一郎の相手は首領のようである。二尺八寸の長刀で激しい打ち込みである。一刀流と見た。連一郎の背後から暗闇をついて一人の別の男がしのび寄っていた。そこへ、進之助が気づき、一瞬のうちに突きを入れて倒した。男達は三人ではなく四人いたのだ。連一郎は二尺一寸の中刀で応戦し、首領の男の額を割っていた。男は絶叫して倒れた。進之助は女子供達のとじ込められた部屋を開放した。女達はわっと泣き出した。

そこへ役人達が走り込んできて賊達を引き立て、また死んだ者の検視をした。町人の主《あるじ》も救出され、女子供達と共に連一郎と進之助に土下座をして感謝している。

進之助は新陰流の使い手だったのである。

みつが二人に走り寄ってきて、大つぶの涙を流している。顔面蒼白である。

その日、連一郎達三人は庄屋の家に宿泊し骨を休めたのである。

以後、連一郎と進之助の出会いは重大な意味を持ってくるのである。二人の語らいの中で、互いに隠れキリシタンである事を確認出来たからである。偶然にも進之助とみつは堺で右近の教えを受けていたのであった。また、みつは親類の叔父が有力な貿易商であり、堺南宗寺との係わりが深かったので千利休の弟子の茶の指導も受けていたという。岡田進之助は代々港町島原の口ノ津で領主キリシタン有馬晴信の下で、父と母と平穏に暮らしていたという。ところが、晴信の子、直純は背教者となり、キリシタンを弾圧した後、延岡に転封された。それに追随した家臣は僅かであった。おおかたの家臣はキリシタンを捨てず島原に土着したのであった。

進之助はキリシタン大名小西行長の西軍に身を投じ、関ヶ原の合戦で戦ったが敗走し、堺の商人の親類のもとで浪人をしていたとの事であった。彼はこの時期、人が世の中で平穏に生きる為には何が大切かと考え抜いたという。そこで気がついた事は、自らの為ではなく、人に何を与える事が出来るかであり、身分の高弟ではなく等しく平穏に生きる事だと肝に銘じたという。また、座禅を組みに訪れた南宗寺の禅僧から――流水は先を争わず――と教えられたという。連一郎は進之助とみつの手をにぎりしめ、共にキリシタンとして強く生きる事を約し長崎で別れた。

連一郎は身をひきしめ天草行きの小舟に乗った。

天草はキリシタンにとって特別な場所であった。全島民三～四万人のうち、少なくとも一万五千～二万人がキリシタン化していたからであった。

しかし、江戸幕府のキリスト教禁止令が慶長十七年（一六一二）に発せられるや、全国でキリシタンの大迫害が開始されるに至った。

まさにこの時期に大町連一郎は天草にもどったのである。父が亡くなったとの報は二年前、りつからあった。

彼女は母と家を守った。彼女はキリシタンとして一生懸命生きてきたのである。

この時、天草の富岡城番代は川村四郎左衛門であった。彼は、連一郎の住まいのある志岐の教会堂を破壊し、バテレンのガルシァ・ガルシェスに退去を命じた。

大禁教令から二年目、連一郎は師の高山右近から思いがけない文《ふみ》を受けとった。

その内容は衝撃的なものであった。それは幕府の命により、ルソンへ追放される事になったというのである。連一郎は目を疑った。

右近の文《ふみ》は冷静沈着なもので、たとえ異国にあっても神は守り賜えりとあった。

ただ一点、文の中の文書に謎めいた記述がしるされていた。

それは上津浦《こうつうら》南蛮寺のバテレン・マルコス・フェラロが残していった末鑑《すえかがみ》の書（予言書）の事である。それは二十年後、天草、島原に神の救世主が現れるという趣旨であった。

右近は神を信じ決して絶望する事なく生き抜くよう、連一郎へ書き残したのである。

予言書を書き残したマルコス・フェラロも、右近と同時期にマカオへ追放されたとの報を連一郎は後日聞いた。

天草に帰ると、彼は精力的に信者達や知人を訪ね歩いた。

最も急を要するのは、富岡城番代、川村四郎左衛門が天草全島に残存する宣教師達に最終的な追放を命じた事である。

連一郎は地元志岐の天主堂のガルシェス神父を訪ねた、そこにはジュスト・右近から聞いていたアダム・荒川がいたからである。

ガルシェス神父は連一郎を大きな腕で抱きかかえ喜びを表した。神父はアダム・荒川をよびにやった。アダム・荒川は頭もヒゲも白かったが、誠実に謙虚に信仰を広め、多くの人々から慕われていた。

連一郎が右近からの言葉を伝えると、アダム・荒川は白い歯を見せて連一郎に頰ずりして抱きかかえた。

「大町兄弟、あなたに会えてうれしい、あなたの父上様はとても立派な人でした、多くの人を救う為に闘いました、とても悲しい結果でしたが、神に召されました」

連一郎は一瞬、顔色が変わった、父に何があったのだ、母も妹のりつも、父様は立派に神に召されたというだけだったからである。

父は何をして、どうして死んだのか、誰も真相を話してくれなかったのだ。

「大町兄弟、私達は今とても困っています、神父様は明日にもこの地を離れ、マカオに行かねばならないのです」

神父は悲しげな表情で荒川の手をとった。

「アダム・荒川、弱気ハイケマセン。シュキリストハイツマデモ、アナタガタヲマモッテクダサイマス。オオマチサン、アナタモヒトビトノタメニハタライテクダサイ、オネガイシマス」

翌日、ガルシェス神父は多くの信者達が泣き叫ぶ中で最後のミサを捧げた。アダム・荒川は皆の前で、神父に深い感謝と今後、力を合わせて主と共に生きる事をのべた。彼は神父の代理として人々の為に祈りをささげる事を告げたのである。

その時、外からざわめきが聞こえてきた。富岡城番代、川村四郎左衛門が差し向けた武士達が職人達を集め、教会の破壊を告げたのである。連一郎は外に飛びだし、職人達を制止した。強い口調であった。

「殿の命令書を差し出せ、それが確認出来るまで、この建物に手をふれる事、まかりならん」

武士の一人が、連一郎の前に歩み寄り叫んだ。

「貴様、名を名乗れ！　殿の前で処断されても良いか、皆の者、かかれ、殿の命である、打ちこわすのじゃ」

数十人の職人達が音をたてて教会を打ちこわし始めた、土埃が舞い上がった。

住民達は泣きながら神父を見送っていた。

連一郎は茫然として事態をながめていた。

殿の命はこれだけではなかった。アダム・荒川を捕縛したのである。

番代、川村四郎左衛門は連行されたアダム・荒川を尋問した。

「荒川とやら、キリシタン御禁制について知っておろうな。これは御公儀の御法度であるぞ。良いか、キリシタンを捨てたとここに明言すれば許してやるというのじゃ。さもないと、おまえの妻、親族とて同罪になるぞ」

アダム・荒川は澄んだ目で殿の目を見つめているだけである。

「止むを得ぬ、此奴《こやつ》を責め上げい」拷問である。

連一郎は天草の旧知の者やキリシタン信徒の家を訪ね、事態の打開と、アダム・荒川の救出を相談していた。

村の長老、甚兵衛のところを密かに訪ねた。甚兵衛はキリシタンであったが、かつて拷問により、一族全てを抹殺すると言われ、棄教した一人であった。だが、実際は隠れキリシタンである。

そこで連一郎は驚くべき事を聞いたのである。それは父の死についての話であった。

苛酷な税に抵抗して、村民達を結集し、城に抗議に向かったところ、首謀者として捕縛されたのである。村民の多くがキリシタンであった為、特に厳しく拷問を受け、他の謀議をした者をあげよと責められたが、白状しなかったのだ。見せしめとして、両眼をつぶされ、更に両手、両足の指を全て切断されたという。その状態で、島のはずれの海岸の岩場に放置されたのだった。もし、助ける者が現れたら同罪となると布告される厳しいものであった。両手、両足の指がなければ歩くのも困難であり、食をつなぐ事すら困難である。あたかも餓死するのを待つだけという刑であった。ところが父の源三郎は岩場の洞くつに住み、口で海草を食べ三ヵ月生きたという。その間、一人だけ危険をかえりみず食物を運んだ人がいた、なんと、それはアダム・荒川その人だという。父の最後の時、アダム・荒川はローソクに火をつけ讃美歌を歌い、父を天国に見送ったというのだ。

連一郎は長老からこの話を聞かされ、声をころして泣いた。――なんと悲しい不条理、なんと崇高な癒しなのだ――。

「連一郎殿、わしは誰一人、この話をせなんだ、アダム・荒川とわししか知らぬ事だ。じゃが、あなた様がアダム・荒川をどうしても助けたいというので、あなただけには話しておきたかった。わしは、ころびキリシタンじゃ、自分の命、家族の命が惜しかったのじゃ、あんたの父上は神との約束を守られたのじゃ、アダム・荒川も同じ信念を持っている人じゃ、死を恐れてなどいない、じゃがあの人を失う事は私達にとって大変な事になる。あんたと同じようになんとか助けたいのお、父上の亡骸はわしと荒川とで、ひそかに岩場の洞くつの中で荼毘《だび》にふした。それで、お骨のみをあなたの母上にお渡ししたのだよ、だから、母上もりつさんもこの事は知らん、よいかな、それで良いではないかのお」

「有難うございます、父はひどい苦しみの中で主の恵みをいただいたのです」

連一郎の目にとめどもなく涙が流れた。

アダム・荒川の拷問は続いていた。彼は役人達の手で裸にされ、富岡の城下町を引き廻された上、二本の高い柱にあたかもキリストと同じように両手首を縛って吊された。

アダム・荒川は寒さと苦痛に耐えた。九日たっても彼は生き抜いた。連一郎も、ほとんど食を断ち、荒川を見守った。

やがて、川村番代はキリシタン達の暴動を恐れ、いったんアダム・荒川を釈放したのである。その代わり、今度は妻のマリアに棄教を強いたのである。恐ろしい脅迫に彼女は耐えたが、ついに棄教する事になった。それは夫を助ける事が出来るかもしれない思いがあったのは間違いない。

川村番代は再びアダム・荒川を責めたてていた。アダム・荒川は薄れてゆく意識の中で、両手に十字架を捧げ聖母マリアの優しい顔を見たのである。

ついに、川村番代は部下に命じ、彼を仕置場（刑場）に引くように指図した。

連一郎は明け方、恐ろしい夢を見た、アダム・荒川が刑場に引き立てられている姿であった。連一郎は刑場に走っていた。

その頃、刑場で、別人のようになったアダム・荒川は神に祈っていた。既に目はほとんど見えない、天草、千々石灘《ちぢわなだ》の潮風が、彼の頬をなでた。不思議にも彼は微笑みを浮かべていた。

連一郎がかけつけた時、既に処刑は終わっていた。彼は刑場の砂にうつ伏してうめいた。

志岐・富岡のキリシタン達がアダム・荒川の処刑を知ったのは、全てが終わった後の事であった。キリシタン達は数十人が刑場に急行し、連一郎と共に、アダム・荒川の血のにじんだ砂を大切に持ち帰ったのである。

海鳴りが遠く高く響き、カモメが鳴いていた。天草の最も苦難の日が終わった。

アダム・荒川の処刑から既に十年近い歳月が流れた。慶長から寛永五年（一六二八）となっていた。だが、キリシタンの受難は収まるどころか、更に苛酷になりつつあった。長崎はキリシタン・バテレンの一大拠点であったが、寛永六年（一六二九）に長崎奉行に就任した竹中采女正《うめのかみ》が島原半島にかけて、領主松倉長門守と連携し、残忍な方法でキリシタン宗徒の弾圧をしていた。

そして、この天草においては（唐津城の飛地であったが）番代が変わり、三宅藤兵衛が新しく着任していた。この天草において、農民が苦しんだ理由は、唐津城主、寺沢が検地により、縄延をし、実際の田畑の面積を一倍半にも拡大して幕府に申請していたからであった。

これによって年貢米がふくらみ、農民達が食べてゆく米がなくなってしまったのである。

新しい城番代、三宅藤兵衛は特異な人物であった。藤兵衛の父は明智光秀の甥にあたる。

明智秀満（旧姓三宅）といい、光秀の娘ガラシャ玉子の姉と縁組し、生まれたのが藤兵衛である。天正十年（一五八二）明智光秀は本能寺で主君、信長を討ったが、山崎の合戦で秀吉に敗れ、逃走中、非業の死をとげた。

藤兵衛の父、秀満は敗報を聞くや、安土城を焼き、光秀の居城坂本に入った。やがて秀吉の大軍が坂本城を囲んだ。秀満は光秀の妻子とおのれの妻を刺殺し、火をつけ坂本城は灰燼に帰したのである。この時、秀満には光秀の娘との間に生まれた二歳の男の子がいた。その子を秀満は乳母に託して落ちのびさせたのであった。この子が長じて、三宅藤兵衛となったのである。

彼は、細川家に嫁いだ叔母、細川ガラシャの影響を受けキリシタン宗徒となった。

だが、彼はある時、キリシタンを捨てたのである。幕府の禁教令の後であろうか、彼は変わったのである。今や彼は天草、キリシタンの弾圧者となったのである。

大町連一郎は番代、三宅藤兵衛なる人物の生い立ちを知り、恐れると共に興味を持った。なぜ彼はキリシタンを捨てたのか、それを知りたかった。人間の強さと弱さとは何なのだ。主、イエスは自分を売った弟子、ユダの変心を知り、その大きな悲しみ苦しみの中で天の神に問うた。だが主イエスはその苦難を自ら受け入れたではないか。

だが連一郎は敢然と藤兵衛の邪心と闘う事を決意していた。

連一郎は着々と信者達の組織を固めつつあった。島原にいる岡田進之助とも連絡をとり、島原方面の情報も得ていた。進之助も連一郎に協力し、小西行長の残党の武士達を組織しつつあった。

だが新しく着任した三宅藤兵衛は天草の地の百姓、浪人達の多くがキリシタンであり、強固な意思力を持っている事に気づき、恐れた。そこでこの地の指導者をあぶり出し、棄教させなければならないと考えた。

何人かの有力指導者のリストの中に大町連一郎の名があった。探索と捕縛の手が連一郎に近づいていた。

彼はいざという時に備え、右近から授かったロザリオを妹のりつに意を込めて預けた。

――これは主の恵みであり、平穏な世に導く為の証なのだ――と教えた。

ある時、魚舟に乗り、島原の進之助、みつに会いに行った。状況は刻々と変化しつつあった。

進之助の案内で島原半島の農民達の現状を見た。思った以上に厳しいものであった。

飢饉つづきで、百姓達は餓死寸前のところがある。天草以上のものである。

年貢取立の役人は産み月の嫁を責めた。年貢を納めぬ農民の嫁を昼夜六日間、水牢につける刑を与えるのである。妊婦は苦しみ、六日目に水牢の中で子を産み落とし、母と子は死んだのである。

このような現状を知り、連一郎は危機を感じ、天草に帰った。

天草の浜辺に着くと役人が三人待ち受けていた。

「大町連一郎だな、殿の命で捕縛する」刀を取り上げられ、城に連行されたのである。

連一郎は番代、三宅藤兵衛の前に引き出された。うしろ手に縄をかけられ白洲に座らせられ尋問を受けた。

「大町連一郎、其方《そち》の行状は分かっておる、キリシタンに相違ないな、其方の父源三郎はかつて、一揆を扇動した科《とが》により処刑されておる。其方も同じ科を犯しておる、キリシタンを棄教し、刑に服せば許される、白状するが良い」藤兵衛の顔は能面のような人間味のない顔である。

「は、拙者は浪人でありますが、目下百姓をしております、キリシタンではありませぬ。何故をもってキリシタンとされるのか、お教え願いとうござる」

藤兵衛は口を曲げて憎々しげにいった。

「予の探索方が、昼夜を問わず調べておる、聞くところによると、少し昔になるが、川村番代の時、其方は教会にいたとされているぞ、処刑されたアダム・荒川と関係があったにちがいない」

「殿、拙者当時、たまたま通りかかり騒動に巻き込まれたにすぎませぬ、一つ殿にお聞きしたい事がございます」

藤兵衛は興味深い顔をしている。

「なんじゃ、言ってみろ」

「殿はかつてキリシタンであったと聞いております。何故にキリシタンをお捨てになられたのか知りたいのでございます」

藤兵衛の顔が一瞬青く変わったのを連一郎は見逃さなかった。

「そのような話は答える必要もない、無駄な話というものだ」怒りが顔に出ている。

連一郎は藤兵衛の目の中をのぞき込むように追及していた。

「殿、拙者を捕らえ尋問される以上、お答えいただきたい」

「連一郎とやら、逆に聞いてやる、キリシタン達は言う、死ねば天国で再生されるとな、じゃが、仏教の教えにも阿弥陀如来のお力で、煩悩具足の者達も極楽浄土に導かれると説かれておるではないか、其方はどう思うのじゃ」

「仏教には神という概念はございませぬ、答えるに価しませぬ」

「はは、其方はやはりキリシタンを認めよった、農民達を扇動してきた事の証拠もある、もしキリシタンを捨てれば刑を減ずるが、捨てなければ他の罪人と同じく斬首する、よいか、十日間を与える、よいな」

三宅藤兵衛の作らせた獄は拷問そのものであった。各室はせまく、囚人は座すのみで立つ事が出来ない、壁と天井には鋭い竹及び釘が植えてある。囚人は絶えず苦痛と不眠で気が狂ったようになるのだ。

藤兵衛はある時、キリシタン農民の家を板で釘付けにし、家中の者を餓死させたという事を聞いた。

連一郎は十日間、食も水もほんの少ししか与えられず苦闘したが耐え抜いた。

八日目、藤兵衛が獄に来て、のぞいた。

「お前、高山右近の配下にいたそうだな、彼は気の毒にも上様の思し召しを拒否したので、ルソンのマニラに流され、一年で死んだそうじゃ、どんなに戦の功があっても末路は気の毒なものじゃ」

連一郎は無言で藤兵衛を鋭い目で見つめていた。彼は心の中で祈っていた。

右近様、私は決して負けませぬ。

十一日目、連一郎は他の強盗犯二人と、城の裏手の奥まった庭に引き出され斬首される事になった。三人とも武士であった為、白洲を敷き、五人の処刑人が配された。藤兵衛は幅広い縁側に赤の毛せんを敷き、座して見守った。三人の罪人は後ろ手にしばられていた。まず一人目が目かくしを許され斬首され、二人目も同じく斬首された。

三人目連一郎の番がきた。その時、連一郎が執行人の侍に言った。

「お願いがございまする、最後にお祈りをして死にたいので、縄を前で縛っていただきたいのです、目かくしはいりませぬ」

執行人の侍は上士の侍に相談した、上士は殿である藤兵衛のもとに進み小声で了解をとった。藤兵衛がうなずいている。

執行人の侍が連一郎の後ろ手の縄をとき、前に回って手を合わせ縛ろうとした、その一瞬の時である、連一郎がさっと立ち上がりながら侍の刀を引き抜き、あっという間に切り捨てた。

驚くすぐ側にいた一人も横に一閃切り倒した。周りにいた残りの三人が抜刀して連一郎に切りかかった。富田流の使い手、連一郎の刀術は恐ろしい速さで二人を切り倒し、逃げる一人も切り捨てていた。縁側にいた藤兵衛は、絶叫して奥に逃げ、周りの者達も一緒に逃げていた。連一郎はその様子を一べつすると、隣の庭に入り逃走していた。

表門の門番が驚くのをしり目に、連一郎は脱兎の如くかけ抜けていた。走りに走って、元小西行長の家臣であった家にかけ込み、馬を借り受けると志岐に向かって疾走した。志岐の家にたどりつくと、母とりつをせき立て近くの海岸に向かった。

昔からなじみの漁師に事情を話し、対岸の島原、口ノ津へ向かったのである。

連一郎は美しい千々石灘《ちぢわなだ》の風を受けながら胸中、今までの事が胸に去来した。りつはその時、兄から預かっていた右近の聖母子のロザリオを、祈りを込めて兄の連一郎に手渡していた。連一郎はロザリオを押し頂くようにし、胸にかけた。

きっと、島原で岡田進之助やみつ達が迎えてくれる事だろう。

この時から五年後、島原と天草で、圧制に虐げられたキリシタンを中心とする民衆によって、幕府をゆるがす天草四郎の乱が起こったのであった。二十年前、右近より知らされたマルコス・フェラロ神父の予言を連一郎は思い出していた。彼もまた原城へ急いだ。


――その幼き子、習わざるに諸字をきわめ、天にしるしあらわれ、木にまんじゅうなり野山に白旗を立て、諸人の頭《こうべ》にくるす（十字架）を立て申すべく候――。


これは救世主、天草四郎その人にちがいないと、多くのキリシタンが信じたのだ。

民衆は自由を求め、権力に対し怒濤の如く蜂起し、美しい春の城といわれた原城に立てこもり、天をゆるがす一揆が起こったのである。

天草、島原の村民達、三万七千人は天草四郎時貞の下に結集、幕府軍、十二万と三ヶ月にわたる壮絶な戦いの末、一人だけ残し、全員が玉砕して果てたのであった。

この戦いは、神を求める人々の深い魂を守る為の戦いであった。

今、天草、島原の美しい海、山は静かに、かつて運命を共にした人々と私達の上に和んでいる。

其の五　天草島原の乱

鉛色をした島原の海から吹きつける真冬の烈風が、武士の能面のような顔を叩きつけるように横なぐりしていた。長身で鋭い眼光をしたその武士は、剣豪と言われた新免宮本武蔵玄信である。

かつて春ノ城と言われ戦国大名有馬晴信の故城である原城址に、今無数の十字架に彩られた旗指物が激しく風に舞っている。

だが、恐ろしいほどの静寂が支配している。

空はどんよりと暗く朝日も出ない。

武蔵はゆっくりと原城址の方に目を向けた。天草島原の乱と言われ、弱冠十六歳の天草四郎時貞に率いられたキリシタン農民達、三万七千余の乱がすぐそこにあった。

小倉の小笠原藩にいた武蔵は藩主小笠原忠真の命により、侍大将に任じられた養子宮本伊織と共に、軍監という形でこの乱の鎮圧に参加していたのである。

寛永十五年（一六三八）一月の事であった。

この乱の鎮圧には細川藩はじめ小笠原藩、黒田藩、鍋島藩など総勢十二万余が参加し、原城沖合には細川、鍋島の軍船が配置され、強力なオランダ大砲が撃ち込まれていた。


天正十年（一五八二）、キリシタンに理解を示した織田信長が本能寺に討たれた。その後天下人となった秀吉は信長と異なり、天正十五年（一五八七）バテレン追放令を発した。

これにより、キリシタン達の受難の歴史が始まったのである。

秀吉の死後、慶長五年（一六〇〇）、関ヶ原の合戦で勝利を収め天下人となった徳川家康もまた、キリシタンに好感を持たず、慶長十八年（一六一三）には大禁教令を発したのである。

だが、天草地方では苦難の中でもキリシタン信仰が脈々と更に広がりつつあった。

元和四年（一六一八）、ファン・デ・ルエタ師は密かに天草に布教し、病を得て農民、漁民に助けられた。

また、有馬のドン・ミカエル一家の武士、鬼塚肥五郎は天草に流されたが、木の根や貝類の他に食を取らず、飢えて死んだ。

元和七年（一六二一）、聖ドミニコ会の代理管区長の一人ミカエル・カルバリヨ神父は、マカオに向かう船に乗るふりをし警吏の眼を逃れ、天草に渡り宗徒の家に潜伏しながら日本語を勉強した。そして布教に力を注いだ。

元和九年（一六二三）、二人の神父が天草に滞在、一年に二、三回肥後を布教して歩く。

先のミカエル・カルバリヨ神父は天草を去り、大村に着いたところを捕らえられ獄に繋がれ、翌年長崎に送られ火刑に処せられた。

寛永十年（一六三三）、志岐の牢舎で修道士となった、パウロ斉藤神父の伴侶であった平戸生まれのディエゴ度島《たくしま》が火あぶり刑に処せられた。

これら布教者達は穴ぐらの中を教会にし、修道院にしたのであった。彼らは穴ぐらの中で僅かな葡萄酒とパンを以てミサを行い、聖体を拝領したのである。

だが、キリシタン一掃を図る領主や役人達の監視は厳しく、密告制や懸賞金によって効果を上げていった。

江戸幕府はキリシタン取り締まりの為、宗門改め、所謂《いわゆる》踏み絵を行い寺請制度（寺ごとに宗門帳を備え檀徒を登録させる政策）を設けたのである。


天草地方は小西行長が敬虔なキリシタン大名として領民を治めていたが、慶長五年（一六〇〇）、関ヶ原の合戦により行長が敗死した事により事情が大きく変わったのである。

慶長六年（一六〇一）、天草は長崎奉行を兼ねる肥前唐津の大名、寺沢志摩守の飛地領となった。関ヶ原の合戦の功績によって徳川家康から加増されたのである。

これによって、藩を取り潰された小西行長の遺臣達は浪人となり、キリシタン農民達にとっても厳しい時代が始まっていく。

寺沢志摩守は実生産高の一倍半を課税対象額として農民に押しつけた。生きる為に農民達はぎりぎりの生活を強いられていくのである。

もともと、天草、島原地方は荒地が多く、石高の少ない地方であったから一層農民達を苦しめる事になった。その反動が、貧しくともキリストを信仰し平和に暮らしていた農民達をより一層信仰に駆り立てる事になったのである。

かつて島原地方は旧領主有馬晴信によって治められていた。彼もまたキリシタン大名であり、領民達に信頼され、南蛮船がしばしば来航し、人々は平穏な暮らしをしていたのである。だが、晴信の死後、息子の有馬直純は父に反して背教者としてキリシタンを弾圧した。

しかし、信者達を抑えきれなくなり、延岡転封を願い出て去っていったが、彼に随従していったのは僅か八十騎、足軽三百人にすぎなかった。多くの家臣達はキリシタンを守り、この土地に浪人として土着したのである。この彼らがやがてキリシタン農民達と結びつき天草島原の乱を引き起こすのである。

有馬直純の後に着任してきたのが大和五条の松倉重政であった。松倉はその頃の一般大名と異なり、庄屋達に免税その他の特典を与えなかった。百姓並の処遇しか受けない村役人達は怒り、松倉重政に反抗し、次第に百姓達の味方となっていくのであった。

重政は自らの格式と権威を誇示する為、重税に喘ぐ百姓、漁民を無視し、隠れキリシタンや有馬の遺臣の多い地域を避けて、日野江城や原城をうまく毀《こぼ》ち、島原の地に城を築き出した。そして、元和四年（一六一八）から七年を費やし完成させたのである。見事な城であった。

その為、領民達は苛酷な重税に喘いだ。田畑からの本年貢以外に建築税や囲炉裏を設けると炉税、窓を作ると窓税、戸口を作ると戸口税、子供が生まれると頭税、死ぬと穴税と続いた。これらは重政の死後、子の勝家によって強化されていった。重政は頭の病で死んだと言われている。農民達はこれを重税、悪政の祟りだと思ったのである。子の勝家は父に輪を掛けて将軍家を意識して如何にも豊かな城下と見せかけ、一方ではキリシタン達の弾圧を強めていくのである。

この地方では、しばしばキリシタン弾圧の手段として蓑踊《みのおど》りと称する残酷な処罰が行われた。即ち租税を払えない信徒達を集め、干草で作った蓑を着せて、両手を後ろ手に縛り役人が火をつけるのである。信者達は男も女も断末魔の苦しみを受け、身悶えしながら死んでいった。役人達はこれを見て笑い合ったのである。

またある時は、臨月の女を六日間も水牢に入れ死なせ、またある時は信者を雲仙温泉の中に縄で縛って吊し死なせた。

またある者は逃げられぬように手足の指を一本一本全て切り落とされ、足の腱をも切られ人里離れた野原や海岸に放置され、苦悩の中で死んでいった。

寛永十四年（一六三七）は特にひどい凶作で餓死者が続出した。

そしてついにキリシタン一揆の火の手が各所に上がり出した。まるで野火の如く、激しい勢いで燃え広がっていくのであった。

本戸郡代の本陣前をキリシタンの三四郎なる者が、女房を連れて御禁制のキリシタン称名を唱えながら通り掛かった。

本陣の警護をしていた侍が走り出てきて、「不埒者め！」と叫ぶなり三四郎を槍で突き殺した。女房は騒ぐ気配もなく、倒れた夫の手を取り「アーメン」を繰り返し唱え続けた。たまげた足軽達は女の頭を棒で打ちのめし、刀で肩から首にずたずたに切り裂いていた。

そこへ、また別の女が「サンタ・マリヤ」を唱えながら惚けたように走り回り、野良着を脱いでいき、白い裸身を晒して踊り狂った。驚愕した役人達は走る女の前に立ちはだかると、槍で女の乳房を刺し貫いた。鮮血がぱあっと白い裸身を染めていた。倒れた女を足軽達は簀《す》巻《ま》きにして海の中に放り投げていた。

その時、数十人の若い信徒達が鍬や棒を持って、役人達に襲い掛かり、本陣に火をつけて焼いた。そして武具や刀を奪ってゆく。

「おおい！　みんな春ノ城に集まるんじゃとよ、天草四郎様が海の上を歩いてきなさったとよ、奇跡じゃ、奇跡じゃ、キリスト様の再来じゃ」

無数の漁船が旗を立てて多くの信者を乗せて原城址へ向かっていった。

人々は潮風を受けながら唱え続けていた。

あゝ　参ろうやな　参ろうやな
パライゾ（天国）の寺にぞ　参ろうやな
広い寺とは　申するやなあ
広いな狭《せば》いは　我が胸にあるぞやなあ
あゝ　雲仙獄　信仰の峯やなあ
今はな　涙の谷なるやなあ
先はな　助かる道であるぞやなあ

不思議な事に乗り合わせた男女が「アーメン」と呟き、別の者が「ナンマイダ」と呟く、つまり多くのキリシタンに交じって、仏教徒も反乱軍に加わっていたのであった。

城内には仮小屋が百十一軒急造された。塀柵は二重に建て廻し、その内側には退避壕が掘られた。塀柵の際《きわ》には、適当な間隔を以て栗石が積まれた。これは投げつけて敵を倒す為のものであった。

信徒達は松倉家の御用蔵を打ち破り、五千石の米俵、鉄砲、火薬、弓、槍、刀などを奪い、続々と原城址へ運び込んでいった。

寛永十四年（一六三七）十一月二十日であった。

かくの如き事態になっても幕府側の対応は遅かった。それは「武家諸法度」のせいであった。「江戸ならびに何国に於いて、たとえ何等の事ありといえども、在国の輩はその所を守り、下知を相待つべき事」という制約である。従って、島原や天草の求めに応じて援軍を近隣国は出せなかったのである。近隣の佐賀、鍋島、肥後細川の各藩はじっと幕府の指示を待つしかなかった。

細川家の家老が発した飛報は豊後府内の幕府目付に幾度ももたらされたが、

幕府目付といえども「御公儀御裁許を待つ」という態度しか取る事が許されていなかった。

天草島原一揆の報《しら》せが漸く江戸に達したのは、寛永十四年（一六三七）十一月八日の事であった。キリシタン達が天草四郎を擁立して松倉勝家の治める島原で蜂起したのが十月二十五日であったから、既に二週間近い日が経っていたのである。

原城址に籠城した信徒達は老若男女三万七千人（島原勢二万三千人、天草勢一万四千人）の多さであった。

彼等は信徒のコンフラリヤ（信心講）を基盤にして、小西、有馬の優れた浪人達によって完全に軍隊組織化されていた。善人《よかひと》天草四郎を総大将に、小西、有馬の浪人を主体とする軍奉行や評定衆、村々の庄屋級の談合衆、これらによって構成された軍司令部を構成、本丸、二ノ丸、三ノ丸、幾つかの出丸に指揮官と百姓兵を厳重に配備していた。

江戸幕府は一揆の強力な実態を充分把握していなかった。これは重大な失敗であった。

老中の酒井讃岐守忠勝、松平伊豆守信綱らが会議して、三河深溝《ふこうず》一万二千石の城主、板倉重昌、江戸城目付千五百石の旗本石谷《いそがい》貞清を一揆征討の上使として派遣する事に決定した。

上使板倉重昌は十二月五日に島原に到着、十二月十日には、島原松倉二千五百と佐賀鍋島一万五千余を指揮下に入れ、原城を包囲し、第一回攻撃を行ったが、忽《たちま》ち二百余名の死傷者を出した。キリシタン勢は讃美歌を歌い、十字架の旗を翻して強力な戦力を示した。これには板倉は愕然とした。

板倉は作戦を立て直し、原城の断崖に接近させて仕寄場《しよせば》の構築を命じた。仕寄とは竹束や木柵を編みつらねて防壁とした前進陣地の事である。

十二月二十日、上使板倉重昌は再度総攻撃を命じた。凄まじい戦闘となった。キリシタン勢は数千人の狙撃兵が一斉射撃を加え、女子供達は城の上から一斉に石を投げつけた。天草の女性は勇猛であった。板倉勢は死傷者七百八十三名を出して敗退した。

キリシタン籠城組の犠牲者は皆無に近かったという。

意気消沈の板倉勢に城の上から悪態の嵐が降ってきた。

「年貢取りの威張らしさはどうしたかい、ひきょうもん」

「わりどんが嫁ごは、前ん婿どん好かんじゃった、キリシタンの男衆がよかと言いよるばい」

この言葉は一揆が代官所を襲い、松倉勢の妻女を人質にして城内に立て籠もった際、キリシタンに改宗した女達がいた事を表している。

その頃、上使板倉重昌のもとに江戸から連絡が入った。新たに将軍家光より、老中松平伊豆守信綱と美濃大垣城主戸田左門氏鉄《うじかね》が征討の上使に任命され、西下の途についたというのである。

板倉重昌は愕然として座り込んだ。

十二月二十九日、新しい上使一行が小倉に着いたという報せが入った。

その頃、小笠原藩軍監、宮本武蔵は陣中でこの乱の記録に目を通していた。

寛永十四年（一六三七）

六月　大矢野の首謀者ら天草、島原を往来、秘密裡にキリシタン再興を謀る。

十月　益田甚兵衛好次の子四郎時貞、天草大矢野の宮津教会に擁立さる。

九日　天草四郎、上津浦一郎兵衛宅に奇蹟を行い、法を説く。

十日　島原領南筋村々の庄屋、有家村の庄屋甚右衛門宅に集議する。

十五日　加津佐寿庵なる者、天草島原に飛檄、天草四郎を総大将にキリシタン一揆への参加を促す。

二十五日　松倉勝家の島原領内でキリシタン蜂起、村々に所在する領主の代官を殺し寺社を焼く。

二十六日　松倉家老岡本新兵衛、兵を率いて深江村に迎撃、奮戦空しく帰る。一揆これを追尾して島原城を襲う。

二十七日　佐賀の鍋島家、島原領に接する飛地神代に兵五千六百を派遣し、警衛を厳にする。熊本城主細川忠利、参勤交代で江戸にあり、留守の三家老、島原の変事を聞き、豊後府内の公儀目付に報ずると共に富岡城番代三宅藤兵衛に使者を以て騒乱の状況を聞く。

二十九日　天草のキリシタン一揆起つ。富岡城番代三宅藤兵衛、唐津本城に救援を乞う。

三十日　天草四郎の母、姉、妹も謀計により縛につく。

十一月

二日　天草の変報、唐津に届く。

五日　唐津の援軍、天草に出発。

六日　天草島原の急報、大坂に達する。

九日　天草島原一揆の事江戸幕府に達する。

老中酒井讃岐守忠勝、松平伊豆守信綱、彦根井伊直孝らと会議して、三河深溝一万二千石の城主板倉重昌、江戸城目付千五百石の旗本石谷《いそがい》貞清を一揆征討の上使として派遣、佐賀城主鍋島勝茂、唐津城主寺沢堅高に命じ兵を出して上使の指揮を仰がせる。

十三日　総大将四郎時貞、島原一揆勢を率いて天草に帰り、上津浦を支援する。

十四日　天草一揆勢、上津浦より進撃を開始、藤兵衛、九兵衛ら討死。

十九日　キリシタン一揆勢、富岡城を攻撃す。

二十七日　幕府重ねて老中松平信綱、大垣城主戸田氏鉄を上使に任じる。

十二月

三日　キリシタン一揆三万七千、前後して原城に籠もる。

武蔵は侍大将、宮本伊織に命じて天草四郎なる人物の記録はないかと問うた。

武蔵の疑問は未だ十六歳という若年者なる者が、三万七千人を率いて見事な統制をとり戦いを有利に進めている事にあった。

尋常な人物ではない。武蔵はそう思った。

西洋のキリストとは何か、キリシタン達は何故かくも精神的に強いのか。『細川家記』によると、キリシタン達は足手まといになる子供達を農業溜池などにつけ、その死を見届けてから一揆に参加したという。

武蔵自身、信仰に疑いを持っている。何故ならそれは人間の心の弱さに起因しうるからではないか、鍛錬によって自身を鍛え抜けば神や仏は不要であると彼は思っている。

武蔵は富岡城番代、三宅藤兵衛なる人物の事を考えた。彼は十一月十四日、キリシタン達の城攻撃によって討死した人物である。

藤兵衛の祖父は明智光秀である。彼は叔母ガラシャの影響でキリシタンとなるが、後これを捨てるのである。藤兵衛は何故バテレンを捨てたのか、捨てる事によって彼は知行三千石の唐津城の重役となる。

聞くところによると、彼はイエズス・マリアも南無阿弥陀仏も帰するところその心は全く同じものじゃと言ったという。

伊織が教えた『細川家記』によると、

——益田甚兵衛好次はキリシタン深染の賊なる上、その子四郎十六歳、才智ある由にて一揆の棟梁なり、外に五人の小西浪人あり、島原領に紛れ入りて下民たぶらかし候——とある。

細川藩の手で捕らえられた天草四郎の母親マルタの白状によると、九歳頃から手習三年、学問五、六年、長崎へ時々修学したという。習わずして文字を知るほどであり時には奇跡を行う美少年であったという。

それより重要な事は慶長十九年(一六一四)、長崎からマカオへ追放された上津浦《こうつうら》南蛮寺のバテレン、マルコス・フェラロが残していったという予言書『末鑑《すえかがみ》の書』の事である。「天草のうち上津浦と申す所……必ず善人《よかひと》一人生まれ出づべし、その幼き子、習わざるに諸字を究め、天にしるしあらわれ、木にまんじゅうなり野山に白旗を立て、諸人の頭《こうべ》にくるす(十字架)を立て申すべく候……天草に大矢野四郎と申す者これあり。右の書物にひき考え候えば、少しも違はず候間、さては天の使にて候はん。久しき事疑ひなし。

切支丹起こり申す時分、丑（寛永十四年）十月十五日頃、天地響き候程の不思議なる事出来《しゅったい》すべし。その時、皆々驚き申すまじく候」

ここに書かれた事は真実なるか否か武蔵には判断しかねた。

だがこの書によって天草四郎がキリシタンの指導者となり得たと彼は考えた。キリシタンにとって救世主なる存在はかくも深く強く信徒を結びつけるのか、武蔵は己の不覚を心に厳しく留めた。

上使板倉重昌の幕府軍の戦況は少しも良い方に進展していなかった。あと数日で老中松平伊豆守らが乗り込んでくる。きっと板倉の失策が追及されるに違いなかった。

板倉の下で働いていた侍大将の一人が思い余ったように進言した。

「殿、如何でございましょう、小笠原の陣に、兵法者として名高いあの武蔵様がおいでになられます。この際妙案があるや否やお聞きなされては」

板倉は、はたと膝を打ち頷いていた。

「武蔵様、上使板倉様から使いの者が参りました」

手下の者から声が掛かった。

武蔵が板倉重昌の陣屋に行くと、板倉が些か沈んだ顔で待ち受けていた。だが少しでも威厳を示そうと胸を反らした。

「武蔵殿、よくぞ参られた。貴殿に折り入って攻めについての意見を聞かせてもらいたいのじゃ」

武蔵はじっと板倉の目を射るように見ながら口を開いた。

「殿、失礼ながら申し上げます。まず戦いでは相手方を充分に知るという事でございます。これは兵法の基本でございます。ところが殿の御耳に如何ほどキリシタンの実態が入っていましょうや。死を覚悟の上で味方を城に潜入させ相手方の内部をもっと知らねば戦いに勝てませぬ」

「うん如何にもその通りじゃ、じゃが、彼らの結束は固くなかなか油断がない。隙を突き夜陰に紛れて運良く偵察に入れた者も帰ってこぬ、調べてみると殺されず相手方の一員になった者もいる始末じゃ」

　板倉は嘆息をついていた。

「殿、今は焦ってはなりませぬ。老中様が参られても殿があくまで先陣を務められれば勝利に導かれましょう。相手方の戦力が思ったより強大であった事は殿の責任ではなく幕府全体の責任でありまする。幕府軍の新しい戦力の到着を待って総攻撃をかければと存じます。それに今は天候も悪うございます。何卒御考慮なされますように」

「武蔵殿、さすがじゃ、良い参考になった。礼を申す」

　板倉はそう言って武蔵を労《ねぎら》った。だがその時板倉の目には既に輝きはなかった。この人は死ぬかもしれぬ。武蔵は直観的にそう悟っていた。

　板倉重昌はやはり「作戦延期」の軍議を反古《ほご》にし、寛永十五年（一六三八）正月の元日の未明、総攻撃に打って出た。

　恐らく正月元旦は敵も油断しているだろうとの目算であった。

　だがキリシタン達には正月そのものが無意味な事であった。板倉の誤算であった。武蔵が指摘したように敵の内情を充分知らねばならぬ事であった。

払暁を期して全城の塀下に取りつき石垣をよじ上るべく、各藩総計約三万の兵が動き出した。ところが原城の断崖は複雑に入り組み、天然の桝形になっているので、キリシタン側の十字砲火を浴びる結果となった。

更に女達の投げる石つぶてが容赦なく降り注いできた。正にこの城は難攻不落を思わせるに充分であった。

上使板倉重昌は下馬して陣頭に立ち前進を下令したが、多くの兵士達は足が竦《すく》み板倉の命令に従おうともしない。彼は黄金作りの太刀をはき、半月の旗指物を翻して長槍を敵方に向け前進を始めていた。その時であった、信徒側の狙撃兵、通称下針《さげばり》金作という名手に板倉の姿は目に留まってしまった。下針は、数間先にぶら下げた木綿針を百発百中撃ち落とすという伝説中の人物であったからたまらない。あっという間に一発の銃弾が板倉重昌の胸板を貫いていた。

享年五十一歳であった。

彼はかつて二十六歳で大坂冬の陣の軍使に任じたほどの人物であったにもか

かわらず、原城攻撃が思うようにいかなかった為、将軍家光の怒りをかってしまったのである。

板倉死すの報せを聞いた武蔵はやはり予感が当たっていた事を知り、静かに瞑目していた。

この時の攻防戦の死傷者は、幕府側三千八百二十五人の多きに上り、一揆側は僅か九十人余りであった。

一月四日に新しい上使松平伊豆守信綱らが有馬表に着陣した。

一月十日過ぎには西南諸大名の軍勢が続々と着陣し、幕府側は十二万五千八百余の大軍となっていた。

武蔵が一人で夜回りをしている時である。

小笠原藩の武士三人が一人のキリシタンを捕らえ、拷問しながら訊問しているところであった。拷問は実に恐るべきものだった。

それは篠揉《しのもみ》と言われるもので、篠竹の小口を削って刃をつけ、膝に揉み込んで開けた穴に、沸騰した醤油を注ぐものである。これは激痛を伴う拷問なのである。

「やい、百姓、城内の有様を残らず話すのじゃ、分からぬか」

彼は夜陰に紛れて偵察に来ていたところを捕らえられたのである。足の速そうな若い男である。彼は歯を食い縛って激痛に耐え、一言も発しない。

「こやつ、吐かぬか、では生爪を剝いでしまえ！」

一人の武士が鋏《やっとこ》で力まかせに爪を剝がしていくが一言も発しない。両手の指が血で真っ赤に染まっている。

「こやつ何を食っているか裸にして腹を切り開いてみるか」

男のボロボロになった皮の胴着を剝がしに掛かると、男は後ろ手に縛られたまま激しく抵抗しだした。見ると男の胸に鎖で十字架がつられている。武士がそれを取ろうと手を伸ばしかけたところ、若い男は足を跳ね上げるようにして十字架を口に咥え鎖を断ち切り、口に含んでいた。一人の武士が慌ててその口に指を持っていき十字架を取り出そうとした。「ギャー」と武士は叫んでいた。彼の指が若いキリシタンに食いちぎられたのだ。

「不埒な！」と言うなり別の武士が短刀を思い切り腹に突き立て、両手で刀を持ち腹を切り開いていた。そして片腕を胃の中に突っ込んで内容物を摑み出していた。

ドロドロの胃液に交じって、数粒の米粒と海草が指に少しばかりこびりついてきた。

武蔵はそれを凝視し、落城が近い事を知った。

「もうよい！」

武蔵の声が兵を威圧していた。一人の武士がキリシタンの青年の首を落としていた。武士の顔面が引き攣っている。

頭は足元に転がったが、開かれた目に恐怖がなく、十字架を口に咥えたまま安らいで見えた。武蔵は、興奮し、狼狽《うろた》えている武士達と比較し、くるりと背を向けて立ち去った。何という事だ。武蔵は呟いた。

自分は六十余度、真剣勝負をして常に死の恐怖に苛まれてきたのではなかったか。試合には常に勝ったが、果たして真に勝ったと言えるのか、まだまだ鍛錬が足りぬ。彼は自問していた。信仰とは何故かくも強いのか。

総攻撃の日が近づいていた。

上使松平伊豆守は、二月二十四日、軍議を開き、総攻撃の日を二月二十六日と定めた。

だが軍議の日の夕方から降り出した大雨が、二十六日の夕方まで降り止まない。そこで予定の総攻撃を延期し二十八日と決めたが、二十七日の軍議の直後、二ノ曲輪《くるわ》出丸に人影なしと見た佐賀城主鍋島勝茂が「今こそ城取りの好機なり」と決意し、無人に等しくなっている出丸になだれ込んだ。

慌てふためくキリシタン軍は二ノ丸上手から鉄砲を撃ち始めた。雄叫びを上げて鍋島軍は土手を乗り越え、キリシタン兵舎群の各所に火を放った。

「サンチャゴー、サンチャゴ！」

キリシタン勢も負けずに大声を上げて応戦、鉄砲、槍、刀あらゆる兵器が入り交じって激しい戦闘が各所で繰り広げられた。

鍋島勢の進攻を見た黒田藩、細川藩も負けじと城によじ上る。頭上から石つぶて、材木、火をつけた筵が落ちてくる。打撃を受けた兵達が次々と落ちて息絶える。

槍を構えた大男の信徒が石垣の上に立ち上がり、下から次々と上ってくる兵士に、上から飛び下り二、三人を串刺しにして落ちて息絶える。まるで阿修羅の如き形相であった。

武蔵はその時、黒田勢の後備を承って大江口から攻め込んだ。

キリシタン達は冷静で頑強であった。片腕を斬り落とされても残る手に大刀を摑み、激しい勢いで三、四人の中に斬り込んでくる。

養子であり、大将となっている伊織は先陣を切るべく石垣を猛烈な勢いで上っていく。

すぐ下に武蔵も続いた。

「養父上《ちちうえ》、私が先着します、お許しを」

「伊織！　敵は手ごわいぞ油断するな」

伊織が城の上に上る時、キリシタンの一人が槍で突き刺してきた。伊織はその槍を手で摑み駆け上ると一刀で斬ったが、倒れても起き上がり向かってくる。やっと仕留め、他の藩士達と本丸を目指した。だが数十人の信徒が目の前に立ちはだかってきた。

武蔵がやっと石垣の中ほどに達した時である。右や左に取りついている藩士達が投げ落とされる石に当たり落下してゆく。城の上から少年が覗いた。危ないと思った瞬間、上から投げられたこぶし大の石が武蔵の右の脛《すね》を直撃していた。

さすがの武蔵も堪えきれず、石垣を滑り落ち気を失っていた。小笠原藩の雑兵の一人が軍監武蔵を背負いその場を離れ、黒田藩の陣中で手当てを受けた。武蔵は石を投げつけてきた十五、六歳の少年の鋭い目を思い出していた。如何なる場合であっても武蔵は冷静に相手を見ていたのである。その目は憎しみではなく運命に従う目であった。

武蔵が休息を取っている間、城内では双方入り乱れて激しい攻防が続いていていた。

捕らえられた老人や女達は、連行される事なく数十人一緒に首を斬られ、焼かれた。

非戦闘員の老若男女を収容する空堀には火が投ぜられ、全員が焼殺された。

追い詰められても信者達は大声で「アベ・マリーヤ」を唱え、刀を振るって斬り込んで死んでいった。阿鼻叫喚の地獄である。

一人の僧が捕らえられた。首に数珠を掛けている。顔は煤で真っ黒で眼が光っている。

「何だこの坊主、助かろうと思うて坊主のふりをしておるのだな」

坊主は大声で言った。

「わしは一向宗徒でござる。バテレンと異なるが、少数ながらバテレンと共に一揆を起こしたのじゃ。敵は理不尽な領主であり、幕府でござる。御仏の心に従って世を改めるのじゃ、バテレンとても同じ事じゃ」

僧は一気に言うと「ナーンマイダ、ナーンマイダ」と大声で唱え出した。

「えーい、くそ坊主、黙れ、黙れ、逆らう者はバテレンと同じ罪じゃ、斬れ、斬れ！」

武士達は僧の首を斬っていた。首の念珠がバラバラとなって一緒に飛んでいた。

天草四郎の館から若い女達が手に手を取って出てきて、火炎を噴く別棟の中に次々と飛び込んでいった。

戦いは終焉を迎えていた。

城中に立て籠もった三万七千人のうち、一人の絵師だけが助けられた。彼はユダに身を落としたのであった。天草四郎の見事な陣中旗を描いていた男である。彼は密かに信者達の情報を流していたのだった。

九十日に亘るキリシタンの戦いは終わった。美しかった原城は地獄絵図と変わり、島原の海は夥《おびただ》しい鮮血で赤くなった。

武蔵の養子、宮本伊織は軍功を上げ後ほど家老となった。

右足をひどく痛めた武蔵は小倉に帰っても歩行が不自由であった。

小倉城下に数百のキリシタンの首が並べられていた。主君に戦功を報告する為である。不自由な足を引き摺りながら武蔵は虚無の心で歩いた。彼の顔に桜の花びらが散りかかっていた。

――唯一所に止めぬ工夫、是れ皆修行なり――。

後、彼は『五輪書』なる書に自らこう書いた。一所に心を留めぬ事が自由である、全ての拘《こだわ》りを捨てなければならないと悟ったのであった。

武蔵は藩主小笠原忠真や家老となった伊織の止めるのも聞かず、飄々と小倉を去っていった。既に秋の風が吹き出していた。

追記

三年前の秋であった。私と妻は旅をして島原の原城址に向かった。

かつてこの城は春ノ城と言われたほど美しい城であったという。大きな蜜柑がたわわになっているのを横にしながら、なだらかな丘を登ってゆくと城に出た。入口の安らかな顔の地蔵が目を引いた。果てしなく空は青く、美しい景色に包まれ、潮風が心地よく吹いてきた。

城跡を歩いていくと、一人の老女に出会った。実に仏のような笑顔で挨拶してくれる。

やがて島原の海が見えてきた。どこまでも静かで青い海が目にしみた。鴎《かもめ》が鳴いている。

かつてこの場所で三万七千人ものキリスト信徒達が亡くなった。私達は天草四郎と信者達の墓に頭を垂れて瞑目していた。

そして海に向かい秋の優しい陽を浴びながらいつまでも立ち尽くしていた。

武蔵の修行

武蔵は山野をひたすら歩いた。彼の修行はあらゆる自然、人、物に及んだ。日常の生活全てが、己を鍛えるという信念であった。

当時、戦国末期における武士道は、死に際の良さが強調されていた。だが、武蔵は全く逆の考えであった。如何に生き延びるかという事に全身全霊を尽くせというのが修行の目的でもあった。

人生は不条理であるという事、即ち物事は常に筋書通りに運ばぬという思いが、彼の心中にあった。この不条理を自らに課されたものとして、真の条理を目指す修練が彼の生きる力であった。

剣の道においては、常に相手に勝つという事が条理である。負ければ、生を断たれ不条理な結果を受け入れなければならないのだ。

全ては生き抜く為の戦いであると武蔵は思った。その為に剣術や兵法は欠かせないものである。当時、武術と言われるものは、剣術以外に槍術、鎖鎌などがあった。これらの技は戦場において剣に対し、少しでも有利になる為に考案されたものであり、その他剣でも長大な剣を用意して力まかせに振るって相手を打ちのめす事まで考えられた。

だが、武蔵が目指す兵法（剣術）は三尺足らずの刀を用い、工夫と技能によって相手に勝つ為のものである。時代は戦国時代が終わりつつあり、個人の技能がより求められるようになった。集団戦で負けた足軽、武士達は浪人となり、新しい主人（城主）に仕官を求め全国を放浪したのである。武蔵もまたその一人であった。

武蔵が自ら剣の極意を編み出そうと苦闘している時（十五、六歳から二十一歳頃）、日本の兵法（剣術）の世界では三大源流と呼ばれているものがあった。香取神道流《かとりしんとうりゅう》、中条流《ちゅうじょうりゅう》、陰流《かげりゅう》である。これ以外に、京都では京八流と呼ばれる流派が目立っていた。これは鬼一法眼《きいちほうげん》なる謎の人物の創始で鞍馬山の八人の僧徒に伝えられていた。京流の吉岡一門はこの流れを汲むもので、武蔵が二十一歳の時、この吉岡一門と三度闘い、武蔵が討ち破ったのである。

神道流《しんとうりゅう》の始祖、飯篠長威斎家直《いいざさちょういさいいえなお》（一三八七－一四八八）は足利将軍家に出仕していたが、無常を感じ帰郷し、香取神社で霊威を感じて開眼し香取神道流を編み出した。

香取神道流の極意は「兵法は平法にあり」として平らかな法を求める事にあるとした。その剣理は戦う事を厳に戒める。つまり、「必殺」と「平かなる法」を結ぶものであった。その道統には、新陰流の開祖、上泉伊勢守信綱《かみいずみいせのかみのぶつな》をはじめ塚原卜伝《つかはらぼくでん》、豊臣秀吉の軍師として知られる竹中半兵衛などがいる。

この流派は敵に勝つ者を上とし、敵を討つ者はこれに次ぐ、兵法は平和の為の法であり、敵を討つ事より、討たずして勝ちを得る事こそ最上の法と教えているのだ。

無双の名人と言われた卜伝は生涯に真剣勝負が十九度、戦場での働き三十七度、打ち取った首は二十一級という、その間、矢疵は少々だが、刀傷はなく全てに打ち勝っている。

武蔵はこの卜伝を理想としたのである。

元祖巌流佐々木小次郎が教えを受けた富田《とだ》流は、中条流を祖とする。中条流は中条兵庫頭が始祖であるが、彼は鎌倉寿福寺を訪れた時、そこで流浪の謎の僧、滋恩から兵法の奥義を伝授され開眼したという。

この中条流を越前朝倉氏がつよく庇護したので、朝倉家を中心に大いに盛んになった。

富田家は朝倉の家臣だったのでこの中条流から富田流を編み出し一流を立てた。

剣の道に一大潮流を築いたと言われる「一刀流の祖、伊東一刀斎景久」は富田流の流れを汲む鐘捲自斎《かねまきじさい》に師事し、師匠に勝ちを収めるに至り、「一刀流」の開祖となった。

岩流佐々木小次郎はこの伊東一刀斎が師事した鐘捲自斎に当初師事し、中太刀の奥義を学び、ついに師匠から皆伝を受け、師匠の勧めで富田勢源《とだせいげん》から小太刀を学び、師勢源の受太刀を大太刀でつとめ習練に励んだ。ついに師匠勢源に打ち勝つに至り、岩流という流派を認められたのである。

陰流《かげりゅう》の創始者は愛洲移香斎久忠《あいすいこうさいひさただ》と言われ、上泉伊勢守信綱はこの陰流の奥義を究め、新陰流を創始したのである。

「陰流」なる刀術の中心となるのは「陰」である。その意味するところは外に現れた技や動きを陽というのに対し、眼に見えない心を指す、即ち相手の意図を読み、相手の動きに応じて動くのである。それ故、構えを用いず、構えなきを以て構えとするのである。それまでの兵法が基本とした剛力と早業には頼らず、動きを封じたり、相手を圧倒したりして勝つのではなく、むしろ充分に相手を働かして勝つ刀法なのである。

上泉はこの陰流を究め、神技、自在の境地を――転《まろぶ》――と呼んだ。

上泉伊勢守信綱が如何に神技とも言える刀術を会得していたかというエピソードが残っている。

永禄六年（一五六三）の晩春、武田信玄の強く召し抱えたいという申し入れを断り、絶対に他家に仕官しない旨を約束し、新陰流普及の旅に出た。この時、伊勢に赴き、伊勢の国司、北畠具教《きたばたけとものり》の御所を訪ねた。北畠具教は権中納言正三位の身ながら、既に塚原卜伝から鹿島の秘太刀「一の太刀」の印可を与えられている優れた刀術家であった。

上泉伊勢守はこの具教に己の創始した「新陰流」刀術の秘奥を披露した。その時、具教はまるで霊気が体中に走るかのような閃きを覚え、達人を超える神技と思った。この上泉の秘奥とは神業的な無刀取りであったのだ。

そこで彼は奈良の宝蔵院の覚禅房胤栄《かくぜんぼういんえい》と大和柳生の庄、柳生但馬守宗厳《むねよし》の二人に会うように勧めた。具教はわざわざ使いの者を奈良まで走らせたのである。

覚禅房胤栄は興福寺塔頭宝蔵院主というより、宝蔵院槍術の始祖として名が通っており、近畿地方における兵法の重鎮であった。

この時から三十年後、胤栄の弟子奥蔵院という槍術師は宮本武蔵と立ち合い、武蔵が勝ちを収めたのである。

胤栄は上泉の披露する新陰流の刀術を一目見るなり、自身立ち合うまでもないと悟り、直ちに使者を大和柳生の庄へ走らせた。

柳生宗厳《やぎゅうむねよし》は胤栄の要請に応えて奈良にやって来た。宗厳は上泉と立ち合う事になった。恐るべき事に、柳生宗厳が中太刀の木刀を構えたのに対し、上泉伊勢守は木刀を構えずに立ち合った。「取りまするぞ」と言うが早いか、あっという間に宗厳の木刀は奪い取られていた。

先に北畠具教が「これぞ達人」と唸ったように、宗厳は茫然として上泉の「新陰流」の極意に目を見張った。上泉の秘太刀無刀取りの恐ろしさであった。

直ちに、頭を下げ宗厳は信綱の門弟となった。信綱五十六歳、宗厳三十五歳であった。以後、宗厳は信綱の教えを受け修練の結果無刀取りを完成し、師信綱より、もはや教えるところなしと言われた。宗厳は徳川家康より兵法指南の話が出たが、老齢を理由に辞退し、石舟斎と号し、代わりに五男の宗矩《むねのり》が指南役に栄進した。新陰流は徳川幕府の指南役となり、その流派から多くの逸材が出た。

だが、老いた上泉伊勢守信綱は柳生の里に別れを告げ飄然と旅に出た。行方は誰も知らない。

刀術における先達の修行と流派の著しい発展を見てきたが、武蔵自身の刀術に懸ける執念は彼の天性の能力と技能、修行によって、今までの兵法者と明らかに異なっていた。武蔵の初めての真剣勝負の相手は有馬喜兵衛と名のる兵法者であった。この勝負は武蔵が十三歳という若年であった為特異な勝負であった。だが、武蔵は天才的な能力を発揮し、見事に打ち勝った。後日、武蔵は自らの兵法書『五輪書』にこの時の勝負を書いている。この勝負でもし武蔵が敗れておれば歴史上武蔵の名は残らなかった事を考えれば、非常に重要な果たし合いであった。この時の体験は武蔵自身の脳裏に深く刻み込まれ、兵法者として生き抜く原点となったのである。彼は一切師匠を持つ事なく、独自の刀術を編み出し、二刀流と言われる円明流を創始、二十一歳頃には既に弟子を持つに至っている。更に晩年にはこれを発展させ二天一流とした。

幼年時代、武蔵は孤独で不幸であった。父平田無二斎（この時代、武蔵は平田姓で弁之助と名づけられていた）は十手術、当理流の達人であり、竹山城の家老であった。

主君は新免伊賀守宗貫であり、無二斎は主君新免家の娘於政《おまさ》を娶《め》とり武蔵が生まれたのである。ところが、武蔵が生まれて二ヵ月もしないうちに母於政は産褥熱で亡くなったのである。間もなく無二斎はよし子という女性と縁組し、武蔵の義母となった。よし子は実の子のように愛情を注ぎ、武蔵もよし子を実の母と思い育っていったが、間もなく父無二斎は理不尽にもよし子を離縁してしまう不幸が武蔵を襲った。武蔵の村は作州（岡山）にあったが、よし子はとなりの播州平福村へ帰っていったのである。武蔵は八歳頃にはよし子を慕って三里の道を歩き、平福村までしばしば出かける事があった。

更に武蔵に衝撃的な事件が起こった。それは、武蔵が兄のように慕っていた父の弟子、本位田外記之助が主君の命で不条理にも父によって討ち果たされたのである。武蔵は武家社会の理不尽さを身を以て知った。

こういった体験から自ら身を守る為一流の兵法者にならねばと悟った。剣を以て相手と闘う時、自らの習練によって会得した刀術の技能のみならず相手に勝つ為の戦術を工夫する事、相手の心理を読み取り、常に相手の上をいく作戦が重要であると考えた。

武蔵は生涯、師匠を持たずと言われているが、実は幼少期において師匠は実の父無二斎であった。父は十手術の達人と言われただけにその稽古は実に厳しいものであった。木太刀を使い打ち込んでくるので、もしこれを払い損じた時は大怪我を覚悟せねばならなかった。現に武蔵の六歳上の兄、次郎太夫は無二斎の木太刀を腰に受け、足に不自由が残った。

父は武蔵に取り分け厳しい修錬を行った。

手抜き合わせという、間合いの見切り技のうち最も困難な秘技を身につけさせようとした。この技は斬り込んでくる相手の剣尖を、眼前ギリギリの距離で見抜く技である。

もし、間髪の差を誤れば一刀両断されてしまう危険を伴う恐ろしい技である。武蔵が父から鍛えられたこの修錬によって、真剣勝負における間合いを会得したのは確かであった。

初めての真剣勝負は十三歳になった時訪れた。晩年、武蔵は自ら書いた『五輪書』で、自身の兵法について——如何様にも勝つ所を得る心也——とし、人を斬るには打つ、叩く、斬る以外には突く、薙《な》ぐ事があるだけであると言い切っている。つまり、勝負する時、あらゆる多様性を頭に入れる事を意識していたのである。

武蔵は最初の勝負でこの兵法の作戦を取り入れて成功している。即ち、相手は新当流、有馬喜兵衛という兵法者である。

当時、武蔵は父と対立し、義母よし子の世話で播州の正蓮庵の住職、道林坊に預けられていた。ここで武蔵は読み書きを習い、剣術の習練を行っていた。

ある時、村に諸国を廻遊している有馬喜兵衛なる武士がやって来て「試合望み次第致すべし」と高札を立てた。これを見た武蔵は「明日試合を所望」と書き入れた。村人の報告で親代わりの道林坊は試合当日、平福の決闘場に出向き、喜兵衛に対し、子供故の悪戯と謝罪したが、そこに現れた武蔵は六尺の棒を持ち有馬喜兵衛に勝負を挑んだ。両者、数合の打ち合いの後、武蔵は棒を捨てると、喜兵衛に組みつきこれを腕力で投げ倒した。起き上がらんとする喜兵衛を武蔵は棒を拾い上げると、間髪を容れず打撃して息の根を止めたのである。

相手は背は高いが子供故と油断したのである。有馬喜兵衛なる者、兵法者としてそれなりの腕を有していたと考えられる。そこで武蔵は木刀とはいえ真剣に勝負をすれば打ち負かされると判断、早くも棒を捨て組みついて相手の意表を突いたのである。既にこの時、十三歳とはいえ体も大きく並外れた剛力を有していたのである。

有馬喜兵衛を打ち殺した時の状況は凄惨とも言えるものであった。既に絶命しているはずの有馬喜兵衛に対して、子供とも思えない力で棒を振るい続け、血が飛び散り、脳漿《のうしょう》まで噴き出したのである。

村人達や道林坊はこの武蔵の異常とも思える振る舞いに恐怖を感じたのであ

る。

武蔵の心理状態は徹底的に打ち負かさないと、いつ自分が逆襲されるかもしれないという強迫観念に取り憑かれていたのである。

恐ろしい子供という村人達の無言の圧力が武蔵を苦しめ、彼は師匠であり、親代わりの道林坊のもとを離れ出石《いずし》方面に向けて旅立っていた。

出石には道林坊から聞いていた沢庵和尚がいたからである。本能的に沢庵に救いを求めたのである。

沢庵自身、二十七歳で修行中の身であるから、突然現れた武蔵の姿に驚き、戸惑った。

しかし、沢庵は武蔵の身なり、顔つきを見て理解した。武蔵の顔には未だ殺気が残っていたのである。

沢庵は修行が進み、相手の身になってみるという作法を会得していたのである。

沢庵は武蔵を受け入れ、庭の草取りをさせた。無心に草取りをしていると、自然と心が吹っ切れた。武蔵は草取りによって平常心を取り戻せたのであった。それは沢庵の無言の教えであった。

武蔵が落ち着きを取り戻したところで沢庵は武蔵に問うた。

――其方の志す剣術の目的は何か――。

武蔵は答える。

――はい。剣術の目的はただ相手に打ち勝つ事です、敵を打ち破り、斬り殺す為の技を磨く事です。私は一人の兵法者に打ち勝ちました――。

――では庭の草取りは何の為か――。

――はい、雑草はほっておくとどんどん蔓延《はびこ》り、美しい花まで台無しにするからです――。

――其方は雑草ではないのか――。

武蔵は頭を打たれたように沈黙した。

――よいか、武蔵、庭の草取りは心の雑草を取る事なのじゃ。其方はまだ若い、良き師を求めて、行く雲や流れる水のように一ヵ所に留まる事なく旅を続け、修行をしなさい。人に頼らず、己を鍛える事じゃ。剣の道は人を殺す殺人剣であってはならぬ、人を活かす活人剣を知るべきである。不動智という事を教えよう、不動とは動かずという文字であるが、石のように単に動かないという意味ではない。動きたきように動きながら少しも止まらぬ心をいうのだ。心の止まる事を煩悩という、これは人間の心身を悩ませる好ましくない精神状態をいうのだ。急流に玉を流すように全てを常に流し去ってしまう事が大切じゃ。間、髪を容れずという事を知るべきである。手をはたと打てば声（音）は既に出ているのに、打つ手の間には髪筋の入る余地はないであろう。こう考えると、兵法（剣術）で相手と立ち合った際、相手が打ち込んできた時、その太刀に心が執《とら》われるならば、そこに間（隙）が出来る、その間、自分は相手に後れを取る事になる。向こうが打つ太刀とわが働きとの間には髪筋も入らないほどであれば、人の太刀は我太刀となる。つまり、相手の打ち込んでくる太刀がこちらの太刀となって、相手に斬り込む事が出来るはずである――。

禅を教えながら剣の道を説く沢庵の言葉は難解に思われたが、武蔵の心の中に強く響いた。
——そうだ、執われない心が大切なのだ——。
武蔵は沢庵和尚に別れを告げ旅に出た。
沢庵は強く温みのある手で武蔵の両手を握り、深い眼差しで武蔵を見送っていた。
武蔵の兵法者としての新たな闘いの旅が始まった。

武蔵は己を振り返った。孤独である事には変わりがなかった。十三歳で新当流の兵法者、有馬喜兵衛に打ち勝ち、十六歳になった時、旅の途中、但馬にて兵法者秋山某と真剣勝負を行い、これに打ち勝った。春の季節で桜が散ってゆくのが瞼に残った。秋山は但馬では名の聞こえた兵法者であったので、武蔵の剣名は上がった。この頃、武蔵は既に少年ではなく、大柄で、顔立ちも異相であった為大人として見られていた。この頃、関ヶ原の役が始まり、竹山城の新免伊賀守宗貫は西軍（秀吉方）として出陣する事になり、急遽、武蔵は父無二斎に呼び戻され、城主新免伊賀守に仕官が許され元服し、名を平田弁之助から新免宮本武蔵と改めた。

七月には伏見城攻めで一番駆けをし、慶長五年九月の関ヶ原の戦場では先導を務め、四尺の野太刀を振りかざし東軍の兵を斬り倒した。だが、小早川勢の裏切りにより、西軍は総崩れとなり、郷里の美作目指し落ち延びたのであった。

この敗戦によって新免伊賀守は新免の家臣達と竹山城を明け渡し、平田無二斎（武蔵の父）共々九州豊前中津城の黒田孝高の世話になった。武蔵は新免衆や父に別れを告げ独自に兵法修行の旅に出たのであった。

武蔵は考えた。剣法による勝負というのは、一つは戦場での太刀打ち、二つは主命によって行う上意討ち、三つは不意に起こる喧嘩斬り合い、四つは自らの剣技を確認する勝負である。自分にとってありうるのは三と四の場合であろう。勿論仕官の道は諦めた訳ではないから二の場合もあり得よう。

重要な事は己の剣技の修行をする為には、相対して価値のある人物に廻り会い勝負に勝つ事である。これは正に命がけである。

相手を討ち果たす事が第一であるが、勝てば相手の命まで奪う必要はない。相打ちは生死の境地に立たねばならないが、この場合であっても相手に先をつけて勝たねばならない。互角の腕前の特に上の相手の場合、相抜けに終わる事も許せる。剣法を三段に分けると、弱い者には勝ち、強い者には負け、互角の者は相打ちと決まっている。相抜けは所謂引き分けであるが、これを単に引き分けとする事に武蔵は大いに疑問を持っている。武蔵はこれまで、勝つ以外の経験はない、相打ちも相抜けもないのである。その為の独自の剣法を更に確信を以て会得する事であると決意を新たにした。

武蔵は二十一歳となっていた。この年まで名のない兵法者と何度か勝負をしてきたが全てに勝ちを収めてきた。三年ほど前から右手の片手打ちの修練を行ってきた。刀を両手で握って構えるのと、片手で太刀を持つのは安定度から不利である事は明らかである。左手がないものと想定すると片手で闘うしかないのだ。

武蔵は三尺の樫の木刀を作り、これで素振りを繰り返した。三尺の木刀を片手で自在に操るにはかなりの腕力を要する。武蔵はこの修練に力を入れた。次に武蔵は二尺の木刀を作った。そこで、右腕に三尺の木刀、左に二尺の木刀を持ち左右の振りを繰り返し形を編み出していった。動きとして、この左右に木刀を握り、山奥の雑木の間や、竹林の中に踏み込み、左右で木や竹を打撃しながら走った。食事も質素なもので、一日一食とした。玄米を主食とし、みそ汁と小魚を時折加えるものであった。飲食に節なければ病を発して、天寿を全うする事は出来ないと心に刻んだ。これは道林坊和尚から教えられたものである。

武蔵が二刀を使う流儀を編み出すに至ったのは、父無二斎の十手術が参考になった事は間違いない。父は両手に十手を持ち、それで刀を持つ相手に立ち向かうのを見ていたからである。武蔵は二刀流をほぼ完成に近づけていた。三尺と二尺の木刀を布に入れて旅をするようになっていた。

ある時、武蔵は京都高山寺から美山（鶴ヶ岡）を経て小浜へ向かった。美山には以前世話になった「きぐすりや」という宿がある。その宿の主人は薬種商をしており、漢方に明るい。更に旅人の為に名物の薬湯風呂を焚いてくれるのである。武蔵は「きぐすりや」を目指し歩き、漸く夕方着いた。もう三年になるが、主人は武蔵をよく憶えていた。

久方ぶりに薬湯に入り、筋肉のこりをとろうかとしている時であった。

玄関の方で騒がしい声がする。女中が武蔵のところへ慌てふためいてやって来て、

「お武家様、主人がお助け下さいとの事です」

「如何致した」

武蔵は直感で押し込みだと判断した。やおら、木刀の袋を取り上げると裏に出て外から玄関のある街道に回った。

強盗は三人である。どうやら関ヶ原で敗れた西軍の浪人達のようである。

「おやじ、拙者らは怪しい者ではない。これから戦場《いくさば》に行くのじゃ、少々路銀を用立ててもらいたい」

浪人達は表向きは静かに言った。

「はは、何卒お許しを、あちこちの戦の為、懸命に供出に努め、もはや余分の

ものはございませぬ」

「何と、断ると申すのか、拙者らには主君がおる、おまえの店を取り壊してもよいのか」

そこへ、武蔵が彼等の後ろにぬっと近づいた。浪人達は慌てて振り向いた。

武蔵は慇懃《いんぎん》に言った。

「失礼ながら貴殿達は何れの藩の御家中の者かの」

浪人達はまず武蔵の姿をじろりと見た。武蔵は宿のどてらを着て小脇に木刀二本の入った布袋を抱えている。

「其方はここの用心棒でござるか、もし拙者達に路銀を用立て出来なければ腕ずくで頂くのみだ」

主人が青ざめた顔で、

「如何ほどでございますかの」

「一人に一両ずつ、締めて三両はほしいのじゃ」

主人は絶句した。

武蔵は憤然と言った。

「ならぬものはならぬ、早よう立ち去り申せ」

男達は本性を表し、刀に手を掛けた。

武蔵は言う。

「受け申そう、この先にて」

浪人達は三人いるので、どてら姿の武蔵を軽く見た。

「よし、主人よ、このどてら男を片づけるまでに金を用意しておくのじゃぞ」

三人の男達は抜刀して、ぐるりと武蔵を取り囲んだ。首領の男は二尺八寸の剛刀を青眼に構えている。この男はそこその腕のようである。武蔵は布袋から二本の木刀をやおら取り出し、逆八の字に構えた。

一人の男が背後から斬り込んできた。武蔵は振り返る事なく左手の木刀で受けると同時に右手の木刀で男の肩を激打していた。男は刀を落とし絶叫して倒れた。返す木刀で武蔵はもう一人の手下の男の側頭を打っていた。

男は声もなく倒れた。首領の男は、青眼から八相の構えに変えた。木刀もろとも一瞬の勝負を考えたのだ。男は一刀流の心得と見た。武蔵は冷静に攻防自在の中段の構えで対した。男が動き、刀を振り下ろした。武蔵はさっと飛ぶように避けると男の肩を激打していた。男はうめいて気を失っていた。

相手は武蔵が二刀で構えている為、二刀の攻撃的な威圧に圧倒され、焦点が定まらず打たれてしまうのだ。だが本来、二刀は多数の者を相手にする時と防御に威力を発揮するのである。

「きぐすりや」の主人は遠目にこの闘いを見て、武蔵の恐るべき剣技に度胆を抜かれ、その場に土下座し何度も頭を下げていた。

武蔵は村役人に届けをし、何事もなかったかのように、主人自慢の薬湯風呂で汗を流していた。この時、武蔵はこの闘いで二刀円明流の確信を得ていたのである。もし、武蔵が二刀を真剣で闘っておれば三人の命はなかったであろう。

その後、武蔵は京都で、京流の吉岡憲法の一門に挑戦状を出し、当主の吉岡清十郎と闘い、両者相打ちであったが、武蔵は自分が先を取ったと確信した。更再戦の申し込みに吉岡清十郎に代わり、弟の吉岡伝七郎と闘い討ち破った。更に三戦目は清十郎の子、又七郎が名目人として立ち、多くの弟子達が加勢したが、武蔵は又七郎をも討ち取ってしまったのである。

更に武蔵の戦いは続く、吉岡一門を討ち破った為、弟子達によって京都を追われた武蔵は奈良に向かう。そこで、槍術の名門、宝蔵院院主、覚禅坊胤栄の弟子、奥蔵院と立ち合い、本来有利な槍術も武蔵に勝てず、頭を下げたという。

次に武蔵は伊賀に向かい、そこで鎖鎌の達人宍戸梅軒と闘い、二刀流で武蔵はこれに応じ、打ち勝ったのである。円明流の本格的な開眼はこの時であった。

続いて武蔵は江戸に出て、大瀬戸隼人、辻風某に打ち勝った。この二人は柳生流の者達であったという。

更に杖術《じょうじゅつ》の名手、夢想権之助と立ち合い、苦もなく打ち破ったのである。破れた権之助は発奮して修行をやり直し、ついに「神道夢想流杖術」を創始するに至った。権之助は武蔵と再戦し、武蔵にその実力を認めさせるに至ったという。

武蔵は晩年、円明流を二天一流として進化させ、多くの弟子の養成に力を尽くした。

ついに熊本の霊巌洞に籠もり兵法の『五輪書』を書き上げ、死去する寸前に『独行道』を認《したた》め、自らの兵法の哲学を確認した。

芸術の分野でも、茶の湯、書画、彫刻、武具等の工芸品にまでその才能を発揮したのであった。


武蔵は自らの死が近い事を悟り、高弟の寺尾孫之丞に次のように自らの二天一流と兵法の心得を託した。

武蔵の兵法哲学は勝つ事が兵法の目的であり、それが主君の為になり、自分の名を上げ身を立てるという事である。その手段が二刀を持ち闘う剣術（二天一流）である。

武蔵はこの二刀に拘った。両手で物を持つと、身の自由が利かないという事になる。馬上で闘う時でも片手の方が自由な闘いが出来る。ただし、相手が剛刀で向かってくるような場合に両手で刀を持つ事が必要な場合もある。しかし、理想は片手で太刀を振るべしと考える。一人で大勢を相手に闘う場合は二刀を持った方が都合が良いのは自明の理である。

武蔵が二刀を使うようになったのは、神社で太鼓を打つ者の撥の音が左右で同じ大きさであると気づき、空中に吊した杵《きね》を二刀で打って鍛練した事に始まると言われている。実際に武蔵は長年に亘り二刀を持ち鍛え、更に実戦において自らの刀術を確信した。

武蔵は寺尾孫之丞に次のように伝えた。


第一に邪心を払う事。

第二に道を鍛練してたゆまない事。

第三に兵法のみでなく、諸芸を経験する事。

第四に諸職の道を知る事。

第五に物事の損得を弁《わきま》え、理に適う行動をする事。

第六に諸事を観察する力を養う事。

第七に目に見えない状況を直観して知る事。

第八に僅かな物事にも気をつけ油断しない事。

第九に役に立たない無用の事に労しない事。


大方このような理を心に懸けて、兵法の道を鍛練すべきである。この道に限っては、原理を広く視野に入れなければ、兵法の達者にはなれない。

この兵法を学びとれば、一人で二十、三十の敵に負ける事もない。まず常に兵法を心懸けてたゆまず、原理を実践する工夫をし続ければ、試合で相手に勝ち、物事を観察する事でも人に勝るようになる。

また、この道を鍛練して、自由に技をあらわせるようになれば、体力において人に勝り、この道を会得すれば精神力においても人に勝る。この境地に至ってはどうして人に負ける事があろうか。

武蔵が兵法の道で特に大切な事と教えたのは、心の持ちようであり、平常心を失ってはならないという事である。心を広く素直にし、緊張する事なく、心が何ものにも執われぬよう平静を保つ。敵に対する時、心を静かに揺るがせ、敵の動きに合わせ自然体でいる事、身体に心の動きを決して表さず、身中に深く攻撃の心を秘め、相手に内心を見分けられないようにする。つまり、一事一物に執われる事なく、流動自在な状態を保つ事である。他から影響されない心と考えれば不動心と言える。

武蔵は自ら到達した兵法の奥義を「剣禅一如」と考えたのであった。武蔵の兵法の修行はこの心境に到達する為だったのである。

著者プロフィール

中井 勉（なかい つとむ）

「水仙」で滋賀作家賞受賞（1996年）。孫文生誕100周年記念論文入選（中華民国）。神戸市ユネスコ協会会員（分科会にて「16世紀の外国人の見た信長はじめ日本人論」をテーマに講演）。

主な著書に、『橋立の壺は残った』（叢文社、2002年、滋賀県文学祭入賞作品）、『隠れキリシタン　佐々木小次郎』（叢文社、2003年）、『生きる　兵法者武蔵異聞』（シンプーブックス、2007年）がある。

1940年、神戸市生まれ。兵庫農科大学（神戸大学農学部）卒業。京都大学大学院法学研究科にて商法研究。司法試験論文試験合格。

生き抜く力　兵法者武蔵外伝

2022年1月15日　初版第1刷発行

著　者　中井 勉
発行者　瓜谷 綱延
発行所　株式会社文芸社
〒160-0022　東京都新宿区新宿1－10－1
電話　03-5369-3060（代表）
03-5369-2299（販売）

印刷所　株式会社暁印刷

ISBN978-4-286-23360-4